長編小説

社宅の淫ら夫婦交換

霧原一輝

竹書房文庫

目次

※この作品は竹書房文庫のために
書き下ろされたものです。

第一章　背徳プレイへの招待

1

　ホテルに向かうタクシーのなかで、朝倉敬志は隣に座っている妻の美穂子を見た。特別なときしか着ないドレスにショールをはおっている。緊張感が、唇を嚙みしめた横顔に出ている。無理もない、これから敬志の上司である柳田部長夫妻とスワッピングをしに行くのだから。

　三十八歳の敬志はS建設で営業部の課長をしている。

　Sは建設業だけあって、自社で建てたマンモス社宅に、社員を住まわせている。単身者ももちろんいるが、多くが妻子を持ったファミリーで住んでいる。したがって、一部屋の間取りも3LDKが多い。

本来なら課長に昇進したときに、社宅を後進に譲る。

だが、敬志がいまだに社宅住まいなのは、子供がいないからだ。

子供が欲しくて、妊活をした。不妊治療もした。

しかし、どうやら敬志は精子が薄いようで、妊娠する確率は極めて低いと言われた。

精子を増やすための努力もした。できることはすべてやった。それでも、授からなかった。

美穂子は今年三十六歳になった。

妊娠して子供を産むには、もうぎりぎりの年齢だった。いや、もう遅いかもしれない。

だが、美穂子が子供を孕(はら)むことはないだろう。なぜなら、精子を注ぎ込んでいないからだ。もう半年近く、二人はセックスレスだった。

今、こうして横顔を見ていても、かるくウエーブした髪形の美穂子は知的であると同時に、どこか男をかきたてずにはおかないものを持っていた。左目の下の泣き黒子(ぼくろ)のせいか、それとも、ふっくらとした唇のせいか。

社内恋愛で結婚した十年前には、毎日のようにセックスをしまくった。美穂子も最初はまだ性的にはオクテだった。

が、回数を重ねるにつれて、性感帯が花開き、美穂子はついに身悶えしながら昇りつめるようになった。

結婚してからも、毎晩のようにやりまくった。今思うと、それがいけなかったのかもしれない。

つまり、飽きたのだ。

先日は、就寝中に気配を感じて、目が覚めた。

すぐ隣で反対側を向いた美穂子が、ひそかにオナニーをしていた。

美穂子はパジャマの上から乳房を揉みしだき、股間をまさぐっていた。そして、最後は声を押し殺して昇りつめたのだ。

だから、美穂子だって性欲を失ったわけではない。女性は三十路（みそじ）も後半を過ぎると、ホルモンの関係で性欲が強くなると聞いた。美穂子もおそらくそうなのだ。

敬志も美穂子を抱きたい。

しかし、肝心のものが今一つ反応しないのだ。

一度勃（た）たないことがあり、そのときの後ろめたさを覚えていて、次から不安感が先立つようになった。そして、また失敗するのではないかと危惧するようになり、そうなると、ますます勃たなくなる。

では、他の女の場合もそうかというと、違う。つまり、勃った。

風俗嬢相手では余裕に勃起した。

それで大丈夫だと安心して、美穂子にせまった。すると、なぜかムスコの勃ちが悪い。それをつづけるうちに、妻の前ではイチモツがギンとならなくなった。

先日、酒の勢いでついつい柳田弘毅部長に、その悩み、つまり『妻だけＥＤ』を打ち明けた。

柳田部長は五十二歳で、現在は豪邸に住んでいるのだが、かつては同じ社宅の寮にいて、その頃から何かにつけてお世話になっており、非常に親しい上司だった。

柳田がいきなり、まさかのことを口にした。

『夫婦交換しないか？』

『えっ……？』

『じつは、うちもマンネリ化した時期があってね』

『マンネリって？　部長は結婚が遅かったですし、紗貴さんはあんなに若くておきれいなのに……』

柳田の妻の紗貴はまだ三十九歳で、美穂子より少し年上だが、夫婦の年齢差は十三歳もあった。

結婚したときは、関連会社で受付嬢をしており、一目惚れした部長が口説き落としたらしい。

『それでも、マンネリ化は来るんだよ。それを乗り越えるために、うちらはスワッピングに挑んだわけだ。もちろん最初、紗貴はいやがったが、どうにかして説得してね……結果は大成功だったよ。今も私も紗貴も若い。あっちのほうも全然、現役だ。それはつまり、スワップのお蔭なんだよ』

『じゃあ、今もなさっているんですか？』

『もちろん。だから、きみらを誘ったんじゃないか……。きみはうちの紗貴に欲情しないか？』

『……もちろん、します。すごいタイプです！　あっ、すみません』

『いいんだ。俺も美穂子さんは魅力的だと思うぞ。男性陣は問題ない。紗貴も俺が言えば、いやとは言わない。昔から、きみのことはお気に入りだったしな……あとは、美穂子さんだけだな。彼女を説得すれば、どうにかなる……その前に、きみはどうなんだ？　やる気あるのか、ないのか……』

柳田部長が夫婦交換の経験者であることには、心底、驚いた。

だが、その提案をされたとき、敬志は胸の高まりを抑えられなかった。

美穂子を柳田に抱かせることは、大いに不安ではある。なぜなら、柳田は男の自分から見ても、ダンディでいい感じに歳をとった、渋い男だからだ。

(これで、セックスが上手かったら、寝取られてしまうんじゃないか?)

しかし、そういうスリルがあるからこそ、美穂子も欲情する可能性はある。また、そういう美穂子を目の当たりにしたときに、自分は嫉妬や独占欲で、美穂子を猛烈に抱きたくなるのではないか、という期待感もあった。

賭けではある。

しかし、このまま永遠のセックスレス夫婦になるよりは、その可能性に賭けたいという気持ちがあった。

『どうなんだ?』

『……ありますよ、それは……』

そう答えると、柳田が言った。

『じゃあ、美穂子さんを何とかして説得してくれないか? うんと言わないようなら、柳田部長が次の重要なプロジェクトのリーダーを、俺に任せると言ってくれている。断ったら、逆に俺は出世の道を外れる。だから、俺のためにやってくれないかとでも言ったらどうだ? 実際にあるプロジェクトのリーダーをお前にやらせるという話も出ているんだ。美穂子さんなら、きみのためならＯＫしてくれるような気がする』

自分を悪者にしてもいいとまで言うのだから、柳田部長は真剣なのだと感じた。

その数日後、敬志は作戦を練り、美穂子に夫婦交換をしないと、自分は出世の道を閉ざされるということを告げて、

『俺はもちろん美穂子を柳田部長に抱かせたくはない。だけど、そうしないと俺は確実に部長に嫌われる。部長は次期取締役確実の、派閥のサブリーダーだ。一度でいいんだ。そのときになって、どうしてもいやならば、挿入行為はしなくていいと、おっしゃってくれている。俺のためだと思って、やってくれないか？　俺もプロジェクトリーダーになりたいんだ。実績を作りたいんだ。頼む』

最後は深々と頭をさげた。

美穂子は大いに悩んでいたが、最後にはとうとうそれを承諾した。

『わかったわ。でも、気が乗らなかったら、挿入はさせない。それでよければ』

そう答えを返した美穂子を、

『ありがとう』

敬志は耳元で囁いて、強く抱きしめた。

その後、柳田夫妻とスケジュールを合わせ、二人は指定のホテルに向かっていた。

都心の高層ホテルでは、すでに柳田夫妻がチェックインしていた。ルームナンバーはメールで教えてもらっていた。

「大丈夫だ。柳田さんがすべて上手くまわしてくれる。いやなら、無理強いはしないと言ってくれている」

敬志はそう言って、膝の上で組み合わされている美穂子の手をそっとつかんだ。

「……あなたは本当にいいのね。わたしが柳田さんに抱かれても……」

美穂子が運転手に聞こえないように小声で言った。

「よくないさ。好きな女を他の男が抱いて、腹を立てない男はいないよ。だけど、今夜だけは必死に我慢するつもりだ。今夜だけこらえたら、俺は出世を約束される。今度のプロジェクトリーダーを任せてもらえれば、上手くやる自信がある。だから、美穂子も我慢してくれ。俺のためだと思って」

敬志は美穂子の手をぎゅっと握った。

「……わたしはあなたのためにするのよ。決して、柳田さんが好きで、するわけじゃない。そこだけはわかっていてほしい」

美穂子が敬志の手を握り返してきた。

「もちろんだ。ゴメンな。こんなことを無理強いしてしまって……」

「いいのよ。あなたには早く部長になってもらって、社宅を出ましょう。一軒家で、周囲に気兼ねすることなくのんびりと暮らしたいわ」

「そうだな。とくに、美穂子は社宅のいろんなつきあいもあるだろうし……俺も早く出たいよ。そのためには……頼む」

「わかったわ。任せて……」

美穂子が力強く言ってくれた。

(何て頼もしい女だ……！)

再度、美穂子に惚れた。こんな感情になったのは、本当にひさしぶりだ。

そのとき、股間に力が漲る感覚があって、あれがズボンを突きあげきた。

自分が美穂子を愛していることを知らせたくて、美穂子の手を引いて、ズボンの股間に置いた。

それが硬くなっていることがわかったのか、美穂子はちらりとドライバーのほうを窺いながらも、その手を柔らかく動かして、股間のものをさすってきた。

これほどまでに勃起したものを、美穂子に触ってもらうのはいつ以来だろうか？

敬志は美穂子の指が触れている箇所をさり気なく左手で隠し、遊んでいるほうの右手を隣に伸ばした。

引き寄せると、美穂子がしなだれかかってきた。

ぐっと接近してきたこちら側の太腿（ふともも）をつかんで、開かせる。

三十度くらいにひろがった左右の太腿の内側をさすった。パンティストッキングのなめらかな感触があり、そのわずかに沈み込むような弾力がたまらなかった。内腿をなぞりあげていくと、指先がぐにゃりとした箇所に触れて、

「んっ……！」

美穂子が低く呻（うめ）いた。

「静かに……運転手にバレる」

耳元で言うと、美穂子は小さくうなずいた。だが、手をどかそうとはしない。

タクシーがホテルに到着するまでの十分間、敬志はスカートの下に手を突っ込んで、パンティストッキング越しに女陰をいじりつづけ、美穂子もズボン越しに敬志の勃起を握りつづけていた。

2

教えられた部屋のドアをノックをすると、すぐに柳田弘毅が顔を覗かせ、ドアを開

けた。

セミダブルベッドが二つ置かれた広々とした部屋で、もうひとつ部屋があって、そこにもベッドがあった。

バスローブをはおった柳田紗貴が近づいてきて、にっこりした。

小柄だが、きれいでなおかつエロかった。とくに、その猫のような目が男心をかきたてる。いったん見てしまったら、魅了されて、引き込まれてしまう目だ。

ストレートロングの髪が肩や背中に散って、小悪魔的なエレガントさが全身から匂い立っている。

「よく来てくれたね。美穂子さん、おひさしぶりです。二年前に会社のパーティでお逢いしましたね。まったく変わらない。いや、逆におきれいになっていらっしゃる」

柳田は美穂子のほうを向いて、微笑んだ。おべんちゃらに決まっているが、女としては満更でもないはずだ。

「ありがとうございます。でも、わたしは多分、柳田さんがお思いになっているほどの女ではありません。失望させてしまうのではないかと、心配なんです」

美穂子が言った。謙遜（けんそん）さが言わせているのではなく、おそらく真実の声だろう。

「いえいえ、それを言うなら、私や紗貴こそ、失望させてしまうんじゃないかと不安です。それに、あなた方ご夫婦がこちらの勝手な申し出を受けてくれた。そのことがうれしいんですよ。私どもは一切のマイナス思考はしません。せっかくだから、愉しみましょう。そういうプラス思考で行きましょう」

柳田が最後は柔和な笑みを浮かべて、言った。

ロマンスグレーの渋い顔でにっこりされると、ついつい説得されてしまう。

その笑みで、美穂子の気持ちが少し和らいだのがわかった。

美穂子は柳田のことが嫌いではないはずだ。

以前から、同じ社宅の同じ寮に住んでいた柳田夫妻を、美穂子はどこかリスペクトしている節があった。もしかしたら、今回の件をOKしたのは、相手が柳田弘毅と紗貴だったからかもしれない。

「では、早速ですが、お二人でシャワーをどうぞ。私どもはもうすでに浴び終えていますから」

柳田にそう言われて、敬志は美穂子とともにバスルームに向かう。

初めてのことだから、ドギマギしてしまう。

したし、不安感は、おそらく美穂子のほうが強いだろう。

男は凸部を女性のなかに差し込めばいい。精子をまき散らすことは、オスの生殖原理に合っている。

しかし、女性は凶器のような男性器を自らの中心部に受け入れるのだ。相手に対して信頼感がなければ、耐えられない行為だろう。

服を脱いで、二人はシャワーを浴びる。

化粧が取れないように、首から下を丁寧に洗う美穂子を見ていると、それだけで、股間のものがいきりたった。

こうして見ても、美穂子は出産経験がなく、母乳も与えていないせいか、美しい身体をしていた。

Dカップの乳房は全体が上を向いていて、先端の乳首もツンと自己主張をしている。身体も引き締まっていて、下腹部の翳り(かげ)は細長く密生し、そこから水滴がしたたっていた。

外に出ようとする美穂子を抱きしめて、キスをした。

唇を合わせて、手を股間に導くと、美穂子はキスをしながら、勃起を握った。だが、

「ダメっ……もう外に出ないと」

すぐにキスをやめて、手を離した。

二人はバスローブをはおって、シャワールームから出る。

二つ置かれたベッドの窓際のほうで、男と女がからみあっていた。

一糸まとわぬ姿で仰臥した紗貴を、柳田が上から愛撫している。バスルームから出てきた二人には気づいているはずだが、やめようとしない。いや、むしろ見せつけているのだろう。

柳田はたわわに実った乳房を揉みしだきながら、濃いピンクの乳首をついばみ、そして、舌でじっくりと上下になぞる。

「ぁああ、あああぁ、気持ちぃい……弘毅さん、すごくいい……ぁあうぅぅ」

紗貴が艶かしく喘いで、顔をのけぞらせる。

衝撃だった。

他人のリアルなセックスをこんな間近で見るのはもちろん初めてだ。しかも、相手は自分がお世話になっている上司とその美しく、魅惑的な妻なのだ。

隣の美穂子もハッとしたように、敬志の手を握ってくる。

ベッドでは、柳田が太腿の奥をまさぐりだした。片膝を立てている紗貴の足がひろがり、濃い三角形の翳りの底を柳田の指がなぞり、

「ぁああ、ぁああぅ……ダメよ。欲しくなっちゃう」

紗貴が甘えた言い方をして、柳田が答えた。

「もう少し待っていなさい。今夜、紗貴の男は朝倉くんだからな。紗貴は前から、朝倉くんのことを、この人なら抱かれてもいいと言っていたじゃないか。お前がそう言うから、ご要望に応えてやったんだ。うれしいだろ？」

紗貴がうなずいて、二人のほうを見た。

（本当なのか？　紗貴さんが俺に好意を持っていたとは思えない。おそらく、社交辞令だろう）

柳田が言った。

「お二人もそっちのベッドで、はじめていてください。女性を一定のところまで高めるには、馴染んだ相手のほうがいい。いきなり、違う男性では緊張してしまいますからね。私たちもしばらくは、夫婦で愉しみますから。お二人もそうしてください」

柳田の言っていることは、もっともなことだ。そして、ここまで来ると、敬志にも覚悟ができた。

「わかりました。俺たちもしよう……」

敬志は美穂子の手を取って、隣のベッドに誘う。

セミダブルベッドの布団を剥ぎ、バスローブを脱いだ。ためらっている美穂子のバスローブを脱がしてやる。

美穂子は恥ずかしそうに胸と股間を手で隠していたが、敬志にうながされるままに、真っ白なシーツの上に横たわり、また乳房を手で覆った。

二人でするときは、ここまで羞恥心は見せないから、これは隣のカップルを意識してのことだろう。

(こんなときは、どうしたらいいのだろう？　普段どおりでいいんだ。まずは、キスからだな)

敬志は顔を寄せて、唇にキスをする。

かるいキスが自然に情熱的なものに変わり、キスの悦(よろこ)びが全身に及んで、股間のものが力を漲らせた。

(ああ、勃ってる……タクシーのなかからエレクトしていた。しばらくは、美穂子の前ではギンとならなかったのに)

美穂子は緊張していたが、舌をからめ、唇を吸いあっていくうちに、高まってきたのだろう。自分から舌をつかうようになった。

甘い鼻声を洩(も)らしながらも、美穂子は敬志を抱きしめて、引き寄せる。

もともとセックスレスの原因は敬志であり、美穂子自身はむしろ抱かれたくて悶々としていたのだ。

いっそう昂って、敬志はキスをおろしていく。

ほっそりとした首すじから鎖骨へと。さらに、肩の丸みにキスをして、両手をつかんで頭上にあげさせた。

こうすると、乳房と腋の下があらわになり、敬志はこの無防備な格好をさせることが好きだった。

両腕を押さえつけたまま、つるっとした腋の下にキスをする。ちゅっ、ちゅっと唇を押しつけると、

「あっ……いや、恥ずかしいわ」

美穂子が羞恥心をのぞかせる。

敬志は甘酸っぱい匂いを吸い込みながら、二の腕へと舐めあげていく。どんな女性も二の腕には柔らかな肉がついている。舌をツーッと走らせると、

「はうぅぅ……！」

感じたのだろう、美穂子が顔をのけぞらせた。

大切なものを扱うように二の腕をじっくりと舐め、また腋窩に戻る。

自分の唾液でそこは味覚も匂いも変わっている。

「腕はそのままあげているんだよ。右手で左手首を握って……」

いつもの言葉をかけ、美穂子もいつものように手首を握る。

もう半年もしていなかったのに、ブランクは感じない。

敬志は腋窩から乳房へと舌を走らせる。

美しい曲線を描く小高い丘陵を頂上へと舐めあげる。そこには、淡いピンク色の乳首が勃っていて、そこをかすめるように舌を這わせると、

「あんっ……！」

美穂子がびくんとのけぞった。

乳首が美穂子の強い性感帯だった。

お椀を伏せたような形の乳房を揉みしだきながら、乳首を舌で転がし、もう一方の乳首も指でつまんで転がす。

直接触れては摩擦が強すぎる。指を舐め、乳首にも唾液を垂らす。そうやって、潤滑を良くしてつまみ、転がす。

向かって左の乳首をくりっくりっとねじり、乳首の天井を指腹でかるく叩く。それを繰り返しながら、右側の乳首にしゃぶりついて、時々吸う。

チュッ、チュッ、チュッと吸うと、

「ぁあああ、それダメッ……ぁああうぅぅ」

美穂子が奥歯を食いしばる。きっと、声を出すことをためらっているのだ。人前で感じすぎてしまうことを恥ずかしいと思っているのだろう。

だが、連続して吸引してから、ちゅぽっと吐き出すと、

「ああああん……」

美穂子は我慢できないとでもいうように腰をくねらせ、顎をせりあげた。

薄いピンクだった乳首が充血して色が濃くなり、さっきより硬くなっている。

今度はそっちを指で捏ね、反対に舌を走らせる。かるく甘噛みすると、

「あああうぅ……」

美穂子が顔を大きくのけぞらせて、真っ白な歯をのぞかせる。

左右の乳首を丹念にかわいがっているうちに、美穂子は漆黒の翳りが張りついた恥丘を高くせりあげて、

「あああ、敬志、触って……」

せがんでくる。

敬志はちらりと隣のベッドに目をやった。

仰臥した紗貴はすらりとした足を大きく開かされ、足の間に柳田が顔を突っ込んで、クンニをしていた。

「あぁあ、ああああ、いい……したくなっちゃう。弘毅さん、我慢できなくなる」

紗貴が逼迫した声を放つ。

ストレートロングの髪が枕に扇状にひろがり、色白の小顔が仄かに朱に染まっている。

乳房は想像よりはるかにたわわで、乳首がツンと上を向いていた。

(俺も……)

敬志は顔の位置をおろし、美穂子の足を開き、クンニの体勢に入る。

美穂子のそこは、驚くほどにしとどに濡れ、左右対称のきれいな肉びらが半分ほどひろがって、内部の赤い粘膜をのぞかせていた。

(こんなに濡らして……!)

いつも以上に潤わせている美穂子に、敬志は欲情した。

ねっとりとぬめ光る狭間を舐めあげ、その勢いのまま、上方の肉芽を舌で弾いた。舌の先が包皮をかぶった突起を強く擦っていき、

「あんっ……!」

美穂子の腰がビクンと撥ねる。

すでに十年も夫婦をやっているのだ。クリトリスをどう攻めたら感じるかを、敬志

は知っている。

慎重に包皮を剝いて、あらわになった肉真珠を丹念に舐めあげる。ダイレクトにするのではなく、遠くから徐々に本体に向かう。

「ぁああ、あうぅ……意地悪。焦らさないで」

美穂子が切なげに下腹部を持ちあげた。

それでも、まだ本体に触れずに、陰唇や陰核の周囲をなぞる。すると、美穂子はもう我慢できないとでも言うように下腹部をせりあげ、濡れ溝を擦りつけてくる。

「ぁあああ、ください。じかに触って……お願いよ」

ついに美穂子が哀願してきた。

これを待っていた。

敬志はそこで初めて本体に触れる。莢を剝いた肉真珠をじかに舐めあげると、唾液を載せた舌がぬるりっと丸みをなぞりあげていき、

「ぁあああぁ……！」

美穂子が大きな声をあげて、悦びをあらわにした。

(よし、これでいい)

敬志は最初はゆっくりと肉豆を舐めあげ、舐めおろす。

「ぁああ、ああああぁ……」

糸を引くような喘ぎを伸ばした美穂子。その太腿がぶるぶるっ、ぶるぶるっと震えだしている。

敬志は次に、舌を横につかう。れろれろっと高速で横に弾き、同時にクリトリスの横を指で押す。クリトリスは皮膚の下で大きく根を張っているから、上からそれを圧迫しても感じる。

つづけていると、美穂子の様子がさしせまってきた。

「ぁああ、ああああ、恥ずかしい。見ないで……聞かないで……ぁあああ、気持ちいい。ちょうだい。もう欲しい」

潤みきった瞳で、ぼうと敬志を見た。

3

「替わろうか」

柳田の言葉が聞こえた。

「えっ……?」

「そろそろ替わろう」

「ああ、はい」

そう答えながらも、敬志はここで替わるのかと残念に感じていた。

(このままつづけていけば、結合できたのに……)

しかし、今夜は夫婦交換のために来たのだから、柳田の言葉に従うしかない。

柳田がこちらのベッドに来て、敬志は反対側のベッドに移る。

ベッドには、クンニをされてぼうとなった目をした紗貴がいて、敬志の股間からそそりっているものに視線をやった。

「寝てください。おしゃぶりしますから」

見あげて言って、敬志を仰向(あおむ)けに寝かせる。

紗貴は足の間に腰を割り込ませて、いきりたちにそっと手を添えて、

「カチンカチンだわ。朝倉さん、全然お元気じゃないですか？」

敬志を見る。

ストレートロングの黒髪が肩から胸にかけて散り、形よく盛りあがった乳房を半ば隠している。

肌の艶(つや)も顔の感じも、まったく三十九歳という年齢を感じさせない。成熟していく

というより、年齢不詳のタイプだろう。

全体がほどよく丸みを帯びていて、その熟れた肉感と猫のような目をしたシャープな顔つきのアンバランスさが、たまらなく魅力的だった。

柳田部長は男をかきたてる女性、つまり紗貴を見つけて、放さなかった。そういった物の本質を見抜く炯眼(けいがん)が部長の取り柄(え)で、ここまで出世したのも他人を見る目があったからだ。

「もっと元気にしてあげる」

媚(こ)びた目をして、紗貴が顔を寄せてきた。

真下からカリの突出部をじっくりと舐めあげて、下から敬志を見る。視線を合わせたまま、黒髪を婀娜(あだ)っぽくかきあげて、片方の耳の後ろに寄せた。

そのまま少し顔を傾けて、側面に舌を走らせる。

なぞりあげて、カリをピンと弾く。

またおろしていき、根元から今度は裏筋を舐めあげてくる。亀頭冠の真裏の包皮小帯にちろちろと舌を打ちつけた。

それから、横に頬張るように亀頭冠に吸いつき、カリの裏に丁寧に舌を差し込んで、なぞってくる。

（ああ……紗貴さんはフェラが上手い。上手すぎる……！）

このくらい達者でないと、スワッピングで相手の男をその気にさせることはできないだろう。

ちらっと隣のベッドを見ると、いつの間にか、美穂子が柳田のイチモツを頬張っていた。紗貴と同じ姿勢で、部長の想像以上に立派なイチモツに唇をかぶせている。

頭を大きなハンマーで殴られたような衝撃だった。

自分の妻が、他の男のイチモツを口腔におさめて、一生懸命に唇をからみつかせながら、すべらせているのだ。

それを柳田は顔を持ちあげて、じっと見ている。

「美穂子さん、こっちを向いて。私を見たまま、しごいてほしい」

柳田が言って、美穂子はその言いつけを守って、じっと柳田を見あげながら、ゆっくりと顔を打ち振る。

初めての男に対して、忠実にその指示を聞き、それを実行する美穂子に、強烈な女の性とエロチシズムを感じた。

これほど、妻をいい女だと感じたことはない。

美穂子は見あげながら、根元を握ってしごき、それに合わせて、唇をスライドさせる。

「美穂子さん、最高だよ。あなたは最高の女だ」

柳田に言われて、美穂子がうれしそうな顔をした。

それから、根元を強く握ってしごきながら、大きく顔を打ち振る。

「んっ、んっ、んっ……」

くぐもった鼻声を洩らして、一心不乱にイチモツをしごき、吸う。

(ああ、美穂子……！　そこまで一生懸命にしなくていいんだ。やりすぎだ)

隣のベッドを見ていると、

「敬志さんもアレなのね」

紗貴が勃起を吐き出して言う。

「アレって？」

「ネトラレ……」

「いや、違うと思いますが……」

「そう？　わたしは結構な割合で、ネトラレだと思うけどな。だって、奥さんが他の男に濃厚なフェラをしているのを見て、ギンギンになるなんて、普通じゃないわよ……立ってみて」

言われたようにベッドに立つ。

すると、紗貴が前にしゃがんで、敬志のイチモツを頬張ってきた。

深々と咥(くわ)えて、「んっ、んっ、んっ」と唇を激しく往復させる。

「あっ、くっ……」

思わず呻いていた。

紗貴は左手で睾丸(こうがん)を持ちあげるようにして、やわやわと揉みしだく。そうしながら、右手では本体の根元を握ってしごき、同じリズムで亀頭冠に唇を往復させる。

ふっくらとして濡れた唇が敏感な亀頭冠を引っかけるようにして、速いピッチで摩擦してくる。

ジーンとした熱い快感がふくらみ、敬志は顔を持ちあげる。そのとき、隣のベッドの様子が目に飛び込んできた。

いつの間にか、美穂子がシックスナインで柳田の上になっていた。

尻を柳田の顔に向ける形で、自分は柳田の股間からそそりたつ太い棹(さお)を頬張っている。

ふっくらとした厚めの唇がりゅうとした勃起をすべり動き、浮き出た血管を唇がしごいている。そして、柳田は美穂子の尻を引き寄せて、頭の下に枕を入れ、女の花園をしゃぶっている。

「んっ、んっ、んっ……」

美穂子は一生懸命に太棹に唇をからませていたが、柳田にクリトリスを吸われたのだろう、

「ぁあああ……いけません。そこはいやよ……しないで。そこを吸わないで」

泣き声で訴える。美穂子はクリトリスがいちばん弱い。

柳田は無言のまま、またクリトリスを頬張り、舐め、吸う。

二本の指を横にして、小刻みに上下動させる。すると、指が連続して肉芽を刺激して、

「ぁあああ、はうぅぅ……」

美穂子がさしせまった声を放って、顔をのけぞらせた。

「できれば、おフェラもしてくれないか？」

「ああ、はい……」

美穂子はまた太棹にしゃぶりついた。激しく顔を打ち振って、唇でしごきたてる。

「んんっ、んんんんっ……」

太棹を咥えたまま、腰をくねらせた。

見ると、柳田は片方の手指を二本、膣のなかに挿入して、抜き差しをしていた。そうしながら、クリトリスを舌で刺激しているのだ。

（ああ、あんなことをされたら……）

美穂子の様子が急激にさしせまってきた。

その昂りをぶつけるように、激しく肉棹を頬張り、しごく。

柳田の指の抜き差しのピッチがあがると、ネチ、ネチ、ネチャといやらしい音がして、美穂子はそれをこらえていたが、やがて、我慢できなくなったのか、勃起を吐き出して、

「ぁあああ、ダメッ……ちょうだい。これが欲しい！」

目の前でいきりたっている濡れた肉柱をぎゅっと握った。

「いいぞ。美穂子さん、自分で入れなさい。上になったままで」

美穂子がちらりとこちらを見た。

（本当にしていいの？）

と、敬志に訊いているような顔をする。

敬志は一瞬ためらったが、すぐに『いいですよ』というつもりでうなずく。

美穂子も『わかりました』という意味を込めてだろう、小さくうなずいた。それか

ら、美穂子は身体を起こして、向きを変える。

柳田と向かい合う形で下半身をまたぎ、いきりたっているものを握った。蹲踞の姿勢でその先をおずおずと恥肉に擦りつけて、

「ああぁうぅ……」

艶かしく喘いだ。

敬志はそのシーンを固唾を呑んで見守っていた。そうするしかなかった。

美穂子が切っ先を翳りの底に押し当てたまま、慎重に腰を沈めた。雄々しくそそりたつものが美穂子の体内に嵌まり込んでいき、

「はうぅぅ……!」

美穂子がまっすぐに上体を立てた。

(ああ、美穂子が俺の前で部長に……!)

何か得体の知れないものが、うねりあがってきた。それは独占欲の裏返しの嫉妬なのだろうか? 胸がちりちりと痛い。不思議なのは、敬志の分身がますます力を漲らせてきたことだ。

(俺は、紗貴の言うようにネトラレなのか?)

紗貴は仁王立ちして隣のベッドに気を取られている敬志の、イチモツを頬張って、

一心不乱にしごいてくる。

何か途轍もない昂奮が駆けあがってきた。

「美穂子さん、腰を振りなさい。いいんだ、ご主人のことは気にしないで……ご主人だって、あなたが淫らになっていく様子を見たいんだから。さあ、動いて」

美穂子はちらりと敬志が仁王立ちフェラさせているところを見て、吹っ切れたのだろう。手を前と後ろに突いてバランスを取り、腰から下をおずおずと揺すりはじめた。

ぎこちなく腰を前後に振っていたが、柳田がその腰に手を添えてうながすと、徐々に活発になり、

「ああ、はうぅぅぅ」

美穂子は洩れそうになる声を抑える。

「いいんだよ。抑えなくていいから、思い切り声をあげなさい。それをご主人も望んでいるんだ。そうだな、朝倉くん？」

柳田に訊かれて、

「ええ、もちろん……いいんだ、美穂子。淫らになっていいんだ。なってほしいんだ」

敬志はそう答える。

そして、仁王立ちになっている敬志のいきりたちを、紗貴が唾音を立ててしゃぶり、根元を握りしごく。

それを見た美穂子が腰を激しく振りはじめた。腹をくったかのように思い切りよく腰を前後に打ち振り、

「ぁあああ、ぁあああああ」

と、抑えきれない声をあげる。

「いいぞ。美穂子さん、いいぞ。その調子だ。気持ちいいぞ。おおぅ、たまらんよ。美穂子さんのオマンコが締めつけてくる」

柳田が聞こえよがしに言う。

そして、敬志は嫉妬心をかきたてられて、分身がますますいきりたつ。

4

「ねえ、わたしにもして……いい？」

紗貴が肉柱を吐き出して言う。

敬志がうなずくと、紗貴はベッドに仰向けになり、両手を開いて、敬志を求めてく

る。さっきから、分身はギンギンだった。

それに、紗貴はリスペクトする柳田部長の愛妻ではあるが、とても魅力的でセクシーだ。もし仮に柳田紗貴を単独で抱こうとしたら、かなり大変なことだ。それに――。

柳田は敬志の妻を抱いている。美穂子の体内に勃起を突き入れている。

その代わりに、敬志が柳田の妻を抱くのは理に適（かな）っている。

紗貴の膝をすくいあげると、急所があらわになった。そこには漆黒の翳りが長方形にびっしりと密生していて、その流れ込むあたりに女の花弁がいやらしく花開いていた。

挿入する前に、やはり、柳田のことが気になった。

向こうから夫婦交換を申し込んできたのだし、敬志の妻には挿入しているのだから、今更、ノーとは言わないだろう。しかし、相手は自分の上司である。

膝をつかみながら、隣のベッドを見た。

美穂子が上になって、腰をつかっていた。

両手を後ろに突いて、すらりとした足をM字開脚し、腰を前後に揺すって、恥肉を強く擦りつけ、

「あああ、ああああ……気持ちいい。気持ちいい」

艶かしく喘ぐ。

そして、柳田は敬志の視線に気づいたのだろう、こちらを向いて、大きくうなずいた。紗貴と結合していいという合図に違いない。

美穂子はもうこちらのことは気にならないといった様子で、一心不乱に腰を振っている。

そのことが、敬志から罪悪感をきれいに払拭した。

敬志は勃起を花芯に導き、あてがった。焦る気持ちを抑えて、じっくりと進めていく。

イチモツが熱い体内をえぐっていく感触があって、

「はううう……！」

紗貴が顔をのけぞらせる。

熱いと感じるほどの膣が、敬志の分身を包み込んできた。まだピストンもしていないのに、蕩けた粘膜が侵入者を、内へ内へと誘い込もうとして、うごめく。

(名器だな……これが、柳田部長が首ったけになった理由のひとつか……)

敬志は一瞬にして湧きあがった射精への欲望をこらえる。それが過ぎ去っていってから、打ち込みをはじめる。

からみついてくる粘膜のざわめきが、ピストンをうながすのだ。

じっくりと打ち込んでいくと、まったりとした肉襞がまとわりついてきて、その抵抗感が快感を生む。

気持ち良かった。

女体に打ち込んだのは、半年ぶりだった。

そのせいか、一擦りするごとに、順調に快感がふくらんでいく。そして、紗貴は扇状に散った長い黒髪の中心で、すっきりした眉を八の字に折って、顎をせりあげ、

「あっ……あっ……あんっ」

と、か細く喘ぐ。

その想像とは違う喘ぎ方が、敬志を昂らせる。

ついつい膝裏を強くつかんでしまう。

足を思い切りひろげて、膝を腹につきそうなほど上から押さえつけた。すると、紗貴は身体が柔軟なのだろう、足が百八十度近くまで開き、そのひろがった股関節目掛けて肉棒を突き刺す。

ずりゅっ、ずりゅっと分身が膣を擦りあげていく確かな実感がある。

そして、紗貴は顔をのけぞらせて、

「あんっ……あんっ……ぁあああ、気持ちいい……！」

心からの悦びの声を洩らす。

これは演技ではないと感じた。紗貴は本当に感じている。

もっと感じてもらいたくなった。

いったん膝を放して、前に屈んだ。折り重なるようにして、肩から右手をまわし、抱き寄せた。その姿勢で、つづけざまにえぐりたてる。

「あんっ……あんっ……あんっ……」

紗貴は甲高く喘ぎながら、ぎゅっとしがみついてきた。

キスをせがんできたので、敬志も唇を重ねる。

自分の夫が見ている前で、他の男と積極的にキスをするという気持ちがわからない。敬志のなかでは、キスは愛情表現だった。

しかし、粘っこく舌を吸われるうちに、そんなことはどうでもよくなってきた。

（ええい、見せつけてやれ）

居直って、唇を重ね、舌をからませる。そうしながら、時々、ストロークを浴びせる。

「んんんっ、んんんっ……」

紗貴は鼻を甘く鳴らしながら、ますますしがみついてくる。いつの間にか、足が敬志の腰にまわっていて、自分のほうへと腰を引き寄せ、恥丘を擦りつけてくる。そのしどけない積極性が、敬志をかきたてた。

キスをやめて、力強く打ちおろした。

屹立がめり込んでいき、それがいいのか、

「あああ、すごい……朝倉さんのオチンチン、すごい……突き刺さってくる。あん、あん、あんっ……お臍に届いてる。ブッといのがお臍まで来てる」

紗貴が快感をあらわにする。

露骨な言葉をつかっているのは、たぶん、柳田を意識してのことだろう。自分が感じれば、柳田も昂る。それが充分にわかっているのだ。

敬志も昂奮してきた。

持ちあがった両足の外側に両腕を立てて、ぐっと体重を前にかけた。

挿入がいっそう深まり、両足を開かされて折り曲げられた紗貴は、

「あああうぅ……！」

と、苦しげに呻いた。

敬志はその姿勢を保って、ズンズン打ち込んでいく。

「あんっ、あんっ、あんっ……ぁあああ、もうダメっ……本当にダメ……ぁあああ、苦しい。でも、気持ちいい……気持ちいいのよ。あああああああ……！」

紗貴がさしせまった声を放った。

両腕で頭上の枕の縁をつかんで、腋窩をあらわにしている。

打ち込むたびに、上を向いた美乳がぶるん、ぶるるんと縦に揺れた。

扇のようにひろがった黒髪はそれ自体が命を持っているかのように波打ち、うごめき、その中心で小顔が顎をのけぞらせている。

緩急をつけて打ち据えていると、いつも射精前に感じるあの熱い陶酔感が押し寄せてきた。

（ダメだ。紗貴をイカせてからだ）

懸命にこらえた。それでも、このままではもう長くは持ちそうにもない。

敬志はとっさに結合を外して、上体を立てた。

隣のベッドを見ると、美穂子がこちらを向いて四つん這いになっていた。そして、真後ろに柳田がしゃがんで、美穂子を貫いていた。

（ぁあああ、あんなことを……！）

美穂子はバックからされるのが好きだ。後ろから貫かれると、果てやすくなる。

現に、今も柳田に後ろから打ち込まれて、

「あんっ、あんっ、あんっ……！」

いい声を響かせている。

「ねえ、わたしにも同じことをして」

紗貴が提案する。

「えっ、でも……」

「いいのよ。あなただって、わたしを突きながら、奥さまの様子をしっかりと観察できるでしょ？　燃えるわよ、きっと……」

薄く微笑んで、紗貴は隣のベッドを見る形で、四つん這いになった。

敬志は複雑な気持ちを胸に抱きつつ、紗貴の後ろにしゃがんだ。両膝を立てて前を見ると、美穂子と目が合った。

美穂子は後ろから強烈に嵌められながら、

「あんっ、あんっ、あんっ……」

哀切な声を洩らして、敬志をぼうとした目で見ている。

アーモンド形の目は潤み、敬志をとらえながらも、自分があさましい声を放ってしまうことを恥じているかのように時々、目を伏せる。

「ダメだ。ご主人を見なさい」

柳田に言われて、美穂子はおずおずとこちらを見て、

「ぁああ、ゴメンなさい……ゴメンなさい……ぁああ、いやいや……しないで。あんっ、あんっ、あんっ……！」

途中から喘ぎに変わって、美穂子は顔を撥ねあげる。

（ああ、あんなに感じて……俺以外だって、普通に感じてるじゃないか。いや、むしろ俺より感じている？　ああ、くそっ、許せない。感じすぎだ！　俺だって……）

いっそう力を漲らせたイチモツを、敬志は後ろから埋め込んでいく。

それが熱い滾りをうがっていき、

「ぁあああ……！」

紗貴が背中を反らした。

挿入した途端に、なかの襞がざわざわしながらうごめいて、勃起にまとわりついてくる。

部長夫人の素晴らしい締めつけを感じながら、敬志は前を見る。

「あんっ、あんっ、ぁああんん……見ないで。敬志さん、見ないで。聞かないで！」

美穂子がこちらを見て、いやいやをするように首を振った。

自分が高まっていくところを、夫である敬志に見られたくないという女心を、敬志はかわいらしいものに感じ、いっそう惚れた。

「右手を後ろに……」

柳田に言われて、美穂子がおずおずと右手を後ろに差し出し、その前腕部を柳田が握った。そのまま後ろに引っ張りながら、腰を叩きつける。

美穂子は必死に喘ぐのをこらえているようだったが、やがて、我慢できなくなったのか、

「あんっ……いや……うぐっ……くぅぅ……いやいや……ぁあああうぅ、あんっ、あんっ、あんっ……！」

最後は抑えきれない声をスタッカートさせた。

気持ちは貞淑であろうとしながらも、野太い肉棹で後ろから貫かれると、歓喜がうねりあがってきてしまう。

そして、夫の前で、華やいだ声をあげる。

そんな愛妻を見ていると、俄然愚息はいきりたち、紗貴を犯したくなる。サディスティックな気持ちになって、とことん貫きたくなる。

「紗貴さん、右手を後ろに……」

「はい……」

後ろに差し出された右腕をつかんで、後ろにのけぞった。

こうすると、紗貴の背中がしなり、挿入も自然に深くなる。

美穂子が感じている様子を見ながら、激しく腰を叩きつけた。

怒張しきったイチモツが紗貴の狭い膣肉を深々とうがち、敬志も性感の高まりを感じる。

(俺は今、自分の愛妻を上司に差し出し、嵌められているところを見ながら、上司の妻を犯している……最低だ。だけど、たまらなく昂奮する)

打ち据えていると、隣のベッドで、柳田が美穂子のもう片方の腕もつかんだ。両腕を後ろに引っ張られて、美穂子の上体が持ちあがった。

両腕を引っ張られて、上体を斜めに起こし、その姿勢で後ろから貫かれて、

「あん……あんっ……ぁあああん……ぁあああ、許してください。わたし、もう……」

「もう、どうなんだ?」

「イッてしまうわ。イキそうなんです」

「いいんだぞ。イッていいんだぞ。外に出してやるから、安心しろ。そうら、イッて

みせなさい。ご主人の前で、美穂子さんは私に突かれて、気を遣る。あんたはそういう女なんだ。朝倉くんはそういう淫らな女が好きだと思うぞ。だから、応じた。いいんだ。見せてやるんだ。上司に抱かれて、気を遣る恥ずかしい自分をご主人に見せてやれ。そうら……」

柳田が両腕を引っ張りながら、後ろから刺し貫いている。

それを見て、敬志も紗貴のもう片方の腕を後ろに差し出させた。両腕をがっちりとつかんで、逃れられないようにして、後ろから叩き込んだ。

「ああぁ、すごい……突き刺さってくる。奥まで……ぁあぁぁあ、あんっ、あんっ、あんっ……」

紗貴も喘ぎをスタッカートさせて、そこに美穂子の声がかぶさってくる。

「あん、あんっ、あんっ……ぁあぁぁあ、いやいや……イッちゃう。わたし、イッちゃう……」

「いいぞ。イキなさい……ためらうな。欲望に素直になりなさい。身を任せなさい」

「はい……はい……ぁあぁあ、ダメっ……イク、イク、イッちゃう……イキます……いやぁあぁぁあぁぁぁぁぁぁぁ！」

美穂子は嬌声を噴きあげ、シーツを鷲づかみにした。

大きくのけぞって、がくん、がくんと躍りあがっている。

それを見て、敬志も遮二無二、紗貴の尻の底を突いた。

「うおおおっ……！」

吼えながら、打ち据えていた。自分がなぜ吼えているのか、わからない。

だが、圧倒的なパワーが爆ぜて、それが分身にも伝わり、ギンとしたものでつづけざまに奥を突いたとき、

「あん、あん、あん……イク、イグ、イグ……うあああああ、はんっ……」

紗貴は大きくのけぞって、躍りあがった。

敬志はぎりぎり射精せず、必死にこらえた。

すると、紗貴が精根尽き果てたようにベッドに突っ伏していった。

5

敬志と美穂子はシャワーを浴びて、別室のベッドに横たわっていた。

美穂子は左目の下に泣き黒子がある優美な顔をこちらに向けて、

「恥ずかしいわ。あんな姿を見せて……」

腋の下に顔を埋めてくる。

「いいんだよ。恥ずかしくなんかない。俺はすごく昂奮した。もちろん、嫉妬したけどね。美穂子があんまり感じるんで、部長に寝取られるかと不安になったよ」

「……心配しないで。あなたが一番だから……」

美穂子が上体を起こして、胸板にちゅっ、ちゅっとキスをする。

「その証拠を見せてほしい」

「いいわよ。出してなかったんでしょ？　偉いわ。ご褒美をあげる」

美穂子はウエーブヘアをかきあげて、敬志の唇にキスをする。濃厚なディープキスで舌をからめながら、右手をおろしていく。

しなやかな指を感じて、半勃起状態だった分身が力を漲らせる。

美穂子がキスをやめて、じっと上から敬志を見た。

「よかっただろう？　スワッピングをして」

敬志は同意を求める。

「どうかしら？　やっぱり、自分の妻を他の男に寝取らせるなんて、へんじゃない？　その奥さんは、自分が本当に夫に愛されているのかって、不安になるんじゃないのかしら？」

「俺はお前が好きだ。好きだからこそ、どうにかしてセックスレスから回復したかった。それは上手くいったんじゃないか？」

「そうね。でも、これって、確かスワッピングをしないと、あなたが柳田部長ににらまれて、出世街道を外れるからってことじゃなかった？　だから、わたしに犠牲になってくれと……」

「もちろん、そうだ。ありがとう。きみのお蔭で、部長は上機嫌だ。たぶん、次のプロジェクトリーダーも俺に任せてくれると思う。美穂子のお蔭だ。ありがとう」

敬志が礼をすると、美穂子はにっこりして、

「その言葉が聞きたかったの。わたしは自分から進んで、柳田さんに抱かれたわけじゃないのよ。それだけは忘れないで」

「ああ、わかった。よし、俺の気持ちだ」

敬志は身体を入れ換えて、美穂子の上になった。

柔らかく波打つ髪をかきあげて、額にキスをした。キスをおろしていき、唇に唇を重ねる。慎重に舌を潜り込ませて、口腔をかきまわすと、

「んんん、んんんんっ……」

美穂子は甘く鼻を鳴らしながら、右手をおろして、下腹部のイチモツをまさぐって

きた。それが硬く、いきりたってくると、美穂子はキスをやめて、

「こんなになって、うれしいわ。前はこうならなかったから……もう、わたしに性的魅力を感じないんじゃないかって、自信を失くしてたわ」

「ゴメン。俺も何かしなくちゃいけないと思っていた。でも、成功してよかった。ムスコはギンギンだ。それに、ムスコがこれだけ元気になると、正比例して、美穂子を抱きたくなる。いや、貫きたくなる。ひぃひぃよがらせたくなる」

敬志は顔をおろしていき、乳房をとらえた。

お椀形にふくらんだたわわな乳房を揉みしだき、頂上の突起を舌で転がした。乳首がたちまち硬くしこってきて、それを舌で上下左右に撥ねると、

「ぁああ、あああ……気持ちいい……やっぱり、あなたの舌が一番気持ちいい……ぁあああ、ぁあああ、欲しくなっちゃう」

美穂子は喘ぎながら、下腹部をぐぐっ、ぐぐっとせりあげる。

敬志は左右の乳首を丹念に愛撫してから、足の間に体を入れて、美穂子の足をすくいあげた。

細長く密生した繊毛の底に、女の花肉が淫らにひろがっていた。

そぼ濡れたサーモンピンクの陰唇が左右に開いて、ぬめっとした光沢を放っている。

美穂子がこれまで見せたことのない、雌芯の開き方だった。

そのあさましいほどの濡れ具合をうれしく感じた。

狭間を丹念に舐めた。そこが、ついさっき男のものを受け入れていることは、シャワーで清めているからと、あまり気にならなかった。

恥肉を舐めながら、両手を上に伸ばして、乳首をとらえた。

狭間の粘膜をぬるっと上に向かって舐めあげながら、乳首をつまんで転がした。

「ぁああ、あああぁ、これ、いいの……感じます。ぁあああ、しないで!」

敬志がクリトリスを舌で刺激すると、美穂子が口ではそう言いながらも、下腹部をぐぐっと擦りつけてきた。

(これが好きなんだな)

敬志はクリトリスを吸い、舐めしゃぶる。

同時に、乳首を捏ねた。

「ぁあああ、あああぁうぅぅ……へんよ、へんなの……あそこが疼いている。欲しがってるのよ……ぁあああ、ねえ、もうちょうだい。我慢できない」

美穂子がとろんした目で見あげてきた。

敬志は膝をすくいあげて、いきりたつものを沼地にあてがった。

腰を進めると、切っ先がとても窮屈な入口を押し割って、入り込み、

「はうぅぅぅ……！」

美穂子が顎を突きあげた。

すさまじい力で、膣肉が侵入者を締めつけてくる。

「キツいな。美穂子のオマンコは誰よりもキツキツだ」

そう言いながら、敬志は膝を放して、M字になった足をこちら側から押さえつける
ように、腕をつっかい棒にする。

ぐっと前に体重をかけると、挿入が深くなり、

「ぁあああ、あなた……」

美穂子が下からアーモンド形の目で見あげてくる。

かるくウエーブした髪が乱れて、目の下の泣き黒子を艶かしく感じてしまう。この
泣き黒子に多くの男たちがやられてしまう。

ゆっくりと腰をつかった。

そのとき、隣室から、

「ああああ、ぁあああああ……！」

紗貴の喘ぎ声が聞こえてきた。

柳田部長も紗貴も夫婦交換をした直後のセックスだから、燃えているのだろう。夫婦が一番燃えるセックスは、おそらくスワッピングをした後だ。相手を独占したいという気持ちや、他の者を相手にして感じた相手への怒りや嫉妬が燃えさせるのだ。

敬志もそうだった。

二人が結婚前に戻ったような気がする。あの頃、二人は一回、一回が勝負だった。結婚という契約は、セックスをダメにする。

「どうしたの？」

何か異常を感じ取ったのだろう、美穂子が訊いてくる。

「いや、何でもない……行くぞ。そうら……」

敬志はスパートした。

両腕を立てて、M字にした膝を押さえつけ、ぐいぐいと突き刺していく。

「あんっ、あんっ、あんっ……ぁあああ、気持ちいい……」

「いいんだぞ、イッても……ああ、俺も……出すぞ。いいな。中出しするからな」

「はい、ちょうだい。あなたの精子が欲しい」

「よおし、行くぞ。出すぞ……」

「ぁあああ、ちょうだい……気持ちいい、気持ちいい……イクよ、あなた、イクよ」

「いいぞ。俺も、俺も出す……！」

敬志は最後の力を振り絞って、スパートした。

熱い塊がふくらみきって、射精覚悟で打ち込んだとき、

「あん、あんっ、あんっ……イク、イク、イッちゃう……ぁあああ、来るわ、来る……いやぁあああああぁぁぁ！」

美穂子がのけぞり返り、直後に、敬志も男液をしぶかせていた。

第二章　部下の妻と戯(たわむ)れて

1

今夜は敬志の住居があるS建設の社宅B棟のバーベキュー大会の日で、今、屋上には二十数名の有志が集まっていた。

数棟ある社宅のここがいちばん広く、屋上庭園が設けられている。

会社が試作したものだが、多くのプランターには植物が植えられ、中央は空いていて、バーベキューなどができるようになっている。

美穂子は三つあるグリルのうちのひとつの前で、トングを使って、野菜や肉を焼いていた。

課長夫人で年齢も三十六歳。社宅に十年以上もいるのだから、この棟のリーダー的役割を果たさざるを得ない。

美穂子は子供もいないし、時々、知り合いのやっているパン屋を手伝うくらいで、基本は専業主婦だから、自然に社宅での役目もまわってくる。

美穂子は内心では、面倒でしょうがないから、早く子供を作って、この社宅を出たいようだ。

だが、もちろん公共の場ではそんなところは見せられない。

今もパーカーをはおって、忙しく立ち働きながらも、周囲に目を配ることも忘れない。そんな妻を頼もしく思う。

その隣で一生懸命に働いているのは、土屋千夏（つちやちなつ）である。

敬志の直属の部下である土屋拓海（たくみ）の妻で、まだ二十五歳のはずだ。

拓海が二十六歳だから、随分と若い夫婦ということになるが、結婚してもう三年目を迎えている。

若い共稼ぎの夫婦にとって、この社宅の安い賃貸料は随分と助かっているはずだ。

土屋拓海は社員としてはまだまだで、時々信じられないようなミスをおかす。だが、不思議に客受けがいいから、営業職としては見どころがある。

大学のときに千夏と知り合い、彼女が卒業してすぐに結婚をせまったらしい。拓海は少しでも放っておいたら、千夏を誰かにかっさらわれると感じたからだと言っていた。

確かに、千夏はほんわかしたかわいさを持っているし、最大の魅力はその巨乳である。おそらく、Ｆカップはあるだろう。

今もはおったパーカーの下に見える乳房のふくらみ具合は、どうしても男の目を集めてしまう。

その隣のグリルで具材を焼いているのは、永田祥子。彼女も敬志の部下である永田祐哉の妻である。

二十九歳で、子供がひとりいる。

二歳を迎えた息子は今、社宅にやってきている祐哉の母親に見てもらっているらしい。

祥子はタイプとしては、美穂子に似ていた。美穂子は知性派だが、祥子は肉体派とでも言おうか、美穂子をさらに色っぽくさせたのが祥子で、前から彼女が気になっていた。

敬志が缶ビールを呑みながら、テーブルの皿に載っている少なくなった野菜を食べていると、

「課長、どうぞ」

土屋拓海が牛肉のいっぱい載った紙の皿をテーブルに持ってきた。

「ああ、悪いな。珍しく気が利くじゃないか」

「すみません。いつも仕事では気が利かなくて、課長に迷惑ばかりかけて……」

拓海が殊勝に言う。癖のないイケメンである。だから、とくに女性の顧客に人気がある。

「お前ももう四年目なんだからな。そろそろホームランをかっ飛ばしてくれよ。二塁打でもいいけどな……」

「頑張ります。俺、課長のために絶対に成果をあげて見せます」

「そうしてほしいよ」

「あっ、もうビールないですよね。新しく缶ビール持ってきます」

拓海がクーラーボックスから缶ビールを取り出し、走って持ってくる。

「サンキュー！」

敬志は缶ビールを受け取り、タブを開けて、ぐびっと呑む。冷えたビールが喉を潤して、生き返る。

今日は天気がいい。夜空には満天の星が光っている。こんなに星がきれいなときに社宅の屋上でバーベキュー大会ができるとは、運がいい。

視線を戻すと、美穂子の隣で土屋千夏が肉を焼いていた。

「千夏さんは相変わらず働き者だな。お前にはもったいないような人だ」

「そう思ったから、早めに結婚したんですよ」

「正解だったな」

「……はい。でも、こんなことを言ったらあれなんですが、課長の奥さま、最近一段とおきれいになられましたね」

「おいおい、気持ち悪いことを言うなよ。上司の妻だぞ」

「ああ、すみませんでした」

拓海がぺこりと頭をさげる。

内心では、妻を褒められて悪い気はしない。

確かに、柳田夫妻とスワッピングをしてから、美穂子はいっそうきれいで、セクシーになった。

その後もこの二週間ほど、敬志は美穂子を抱きつづけている。

妻だけEDに苦しんでいたのが、今はウソのように、セガレが勃起する。美穂子もそれに応えて、身悶えをしながら昇りつめる。

男に抱かれている女は、抱かれていない女とは違う。ごく自然に色気がこぼれでる。きっとそれはたんなる肉体的なものではなく、わたしは男に愛されているという精神的な自信や余裕のせいだろう。

「お前、暇そうだな。奥さんと代わってやったらどうだ？」

「ああ、はい……そうします」

拓海がバーベキューの中心に向かっていき、千夏と代わる。

敬志に相手をするように言われたのだろう、千夏が手に缶ビールを持って、こちらに向かってきた。

「うちのがいつも大変お世話になっております」

敬志の前で頭をさげた。はおった薄いパーカーから、白いTシャツをこんもりと盛りあげた胸のふくらみが見えて、ドキッとする。そんな気持ちを抑えて、言った。

「まあ、それが、俺の仕事だからね。千夏さんも焼き係、疲れただろう。お疲れさま」

「いえ、わたしなんか、奥さまのお手伝いをしていただけですから……」

「美穂子もきみが相手だとやりやすそうだ」

「そうだといいんですが……」

「呑みなよ。カンパイ！」

缶ビールを掲げて、かるく合わせる。敬志が呑むと、千夏もごくっ、ごくっと豪快にビールを嚥下(えんげ)する。

少し上を向いた喉のラインが悩ましい。その下のデカい胸はもっと悩ましい。

若いから気にしないのだろうか、ショートパンツはぴちぴちで、後ろから見ると、尻のふくらみがもう少しでこぼれそうだった。

千夏は気配りもできて、テーブルの上のバーベキューの具を切らさない。

ミドルレングスのつやつやの髪が目鼻立ちのくっきりした顔によく似合っている。

敬志にもビールを勧め、自分も豪快に呑み干す。

中心を見ると、美穂子が焼き係を交替して、千夏の夫である土屋拓海と話している。

相手が若い男だとやはり違うのか、美穂子は生き生きとしている。

(そうか……土屋拓海と千夏とのスワッピングもあるな)

一瞬、そういう考えが脳裏に浮かんだ。しかし、部下とするとなると、よほど信頼の置ける者でないと、非常に危険である。

柳田部長が自分らと夫婦交換したのも、大変な決断だったに違いない。逆に言えば、それだけ、柳田が自分を信頼してくれていることの証(あかし)でもある。

柳田部長は絶対に裏切れない。

「ちょっと疲れたな。どこかに座ろうか」

敬志が提案すると、

「そうですね。じゃあ、あのベンチで」

千夏が指差したのは、屋上にある小さな温室の横に置いてあるベンチだった。バーベキューの中心から離れているせいか、そこに人影はない。

温室の向こう側のベンチに腰をおろすと、千夏もすぐ隣に座った。

喧騒から離れて、一瞬の静寂が身に沁みた。

千夏が敬志を見て、まさかのことを言った。

「そう言えば、この前、朝倉さんがホテルから出てくるのを見ました。それがすごく不思議な組み合わせで、奥さんと柳田部長夫妻もいらして……」

千夏はかるく首をひねっている。

そうだった。

あの日、翌朝までホテルで過ごした四人は、最初は別々にホテルを出ようとしていたのだが、最初に出た敬志たちが、忘れ物を取りに部屋に戻った。

そのために、二組が同じエレベーターに乗ってしまい、一緒に出ることになった。

どうせ、誰も見ていないと高をくくっていたのだが、あれを見ていた者がいたのだ。

「あれは……？」

千夏が頭をひねった。

「うちは今まで随分と柳田部長のお世話になっているから、そのお礼にディナーに誘ったんだ。どうせなら、夜遅くまで四人で気兼ねなく呑みたいと部長がおっしゃるんで、スイートを一部屋取ったんだよ」

上手く誤魔化したつもりだった。

「それで、四人でお泊まりになったんですか？」

「ああ、そうだよ。スイートは寝室が二部屋あるからね」

「そうだったんですね……わたし勘違いしていました」

「勘違い？」

「ええ」

「どんなふうに？　たとえば？」

「たとえば、スワッピングかなって……」

ずばりと言い当てられたことに驚愕したのだが、それと同じように千夏からスワッピングという特殊な言葉が出たのにもびっくりした。

「まさか……だいたい、きみはなんでスワッピングなんて言葉を知ってるの？」

「どうしてかな？　やっぱり興味があるからかな」

千夏がさらっとすごいことを口にしたので、啞然とした。すぐに立ち直って、

「興味があるって……スワッピングって具体的に何をするかわかっているよね？」

「……知っています。かなり昔に、それ専門の雑誌が出ていたでしょ？」

「ああ、出ていたね。十年ほど前に休刊になっているはずだけど……」

「あれ、わたしなぜか知っているんです。たぶん、うちの父が興味あって、買っていたんじゃないかな？　実際にしていたかどうかはわからないけど……」

敬志は無言で夜空を見つめる。

満天に煌めく星たちがきれいだ。

「きみも、スワッピングに興味があるんだ？」

「たぶん……女の子もオナニーするでしょ？　そのとき、わたしけっこう二人の男にされているシーンが多いのね。スワッピングじゃないかもしれないけど……」

「……大胆な告白だな。そんなこと言っていいのか？」

「不思議なんですよ。朝倉さんだと、何でも話してしまいそうになる。わたし、べつに朝倉さんが何をしていても他言はしませんし……味方ですから。隠し事とかもしな

くてもいいですから」

　千夏が横から大きな瞳を向けてくる。

　そのうるうると濡れたような瞳に誘い込まれて、真実を話したくなった。

　衝動的にこう言っていた。

「今度、二人で食事でもしないか？　ここではなんだけど。そこだったら、あの件を話してあげるよ」

「本当ですか？」

「ああ……」

「じゃあ、拓海が明後日、関西へ出張しますよね。そのときでいいですか？」

「ああ、かまわないよ。じゃあ、明後日の夜に、きみが四人を見たというRホテルの一階にあるフレンチレストランで食事をしよう。そうだな。午後六時半に逢って、食事を摂って、それから、バーででも話そう」

「やった！」

　手を打って喜ぶ千夏の目がきらきらしている。

「ところで、きみはこの前、どうして朝にホテルにいたの？」

　敬志は気になっていたことを訊いた。

「ああ、あれは午前十時に、あそこのレストランで友達と待ち合わせしていたからです。男の人じゃありませんよ」

「なるほど……」

「そろそろ立ちませんか？　行かないと、怪しまれます」

「そうだな」

敬志は立ちあがり、バーベキューの中心へと向かった。

2

翌々日の夜、敬志はホテルの高層にあるスカイバーで夜景を眺めながら、カウンター席で千夏と呑んでいた。

千夏はお粧し（めか）をして、ワンピース形のミニドレスを着ていた。襟元（えり）がひろく開いているので、巨乳の丸みがあらわになっていて、目のやり場に困る。

トロピカルなカクテルをストローで呑みながら、敬志のおおよその説明を聞いていたが、

「……じゃあ、やっぱり、部長夫婦とスワッピングしてたってことですよね？」

千夏が意気込んで、言う。

「ああ……じつは、俺が妻だけEDに陥っているって話をしたら、柳田部長がこうしないかと提案してくれたんだよ」

「えっ……？　朝倉さん、奥さん相手に勃たなかったんですか？」

千夏が声を潜めて、訊いてきた。顔を寄せてくると、乳房も近づいてきて、そのせめぎあうような二つの球体に圧倒されながら、言った。

「……夫婦も長いことやってると、マンネリに陥るんだよ。男女の間でいちばん怖いのは、マンネリなんだ。夫婦喧嘩よりも質が悪い……まあ、きみたちにはまだ関係ないんだろうけどな」

「……そうでもないですよ」

千夏がぼそりと言ったので、エッと思った。

「きみたちも、マンネリなのか？」

「……かもしれません。だって、最近、わたし拓海にセックスアピールを感じなくて……だから、向こうからきても、なかなか応じる気にならなくて。わたしたち今セックスレスなんですよ」

千夏がぎゅっと唇を噛んだ。

あり得ないと思った。

しかし、夫婦は傍から見ただけではわからない。自分たち夫婦がそうであるように。

「まだ結婚して、三年目だろ。それでセックスレスじゃあ、この先が思いやられるな。拓海も悩んでいるだろうな。男って、セックスを拒否されるのがいちばん堪えるんだぞ。勃つものも勃たなくなるしな……男としての自信を失くすんだよ」

「わかっているんだけど、なかなか……だって、ベッドで拓海は同じことしかしないんですよ。日常でも、わたしに惚れさせるようなこと何ひとつしないし。すごく、つまらないいんです」

「ううん、そうか……」

事はかなり深刻なようだ。

もっともそういう夫への不満があるから、今こうしてつきあってくれているのだろうが……。

千夏が残っていたトロピカルカクテルをストローでじゅるじゅると音を立てて吸って、呑み干した。

「お替わりするか？」

「じゃあ、もっと強いのがいいかな」

千夏がアイリッシュウイスキーに変えて、早いピッチで呑む。

何だか、居直ったような、ヤケクソのような呑み方が、敬志にかすかな期待感を抱かせる。

許されるなら、抱きたい女だ。

もちろん、部下の妻に手を出すのは最悪だし、美穂子への罪悪感もある。

だから、自分からベッドへは誘えない。

そんなとき、かなり酔ってきた千夏が、

「ダメ……もう……どこかで休みたいです」

呂律（ろれつ）のまわらない口調で言って、隣の敬志にしなだれかかってきた。

（おいおい、来たぞ。本当に来た……！）

千夏の右手が太腿に置かれていて、その指が股間のものに触れてしまっている。そうなると、股間のものが徐々に力を漲らせてしまう。

こうなると、罪悪感も道徳感もとても脆（もろ）い。分身が勢いづくにつれて、敬志の気持ちもセックス優先モードへと変わっていく。

美穂子には、今夜は友人と呑むから、遅くなると言ってある。敬志は覚悟を決めた。

「出ようか……」

スツールから降り、ふらつく千夏の肩に手をかけて、スカイバーを出た。

一階のフロントで部屋を取り、千夏とともにエレベーターで部屋にあがる。

８０３号室のドアを開けて、なかに入り、千夏を抱きしめた。

千夏はもう拒もうとしない。

抱き心地のいい身体をしていた。柔軟で、しなやかで、むっちりとしている。

顔を傾けて唇を寄せると、千夏も積極的に唇を合わせてきた。

ちゅっ、ちゅっとついばみ、唇を舌先で突いた。

千夏もやり返してくる。

二人の舌が中間地点で触れて、重なり、からみあう。

やがて、千夏は昂ってきたのか、自分から舌を入れ、吸う。そうしながら、右手をおろしていって、敬志の股間をまさぐってきた。

それが力を漲らせているのを確認して、安心したのだろう。

ズボン越しに情熱的に撫でるので、分身が一気に硬く、エレクトしてきた。

じっくり愛撫しようと考えていたが、そうはさせてくれないようだ。千夏は今、欲望が抑えられないでいる。

（乗りかかった船だ。ここはもうやるしかない……）

キスを終えると、千夏は後ろを向いて、ドレスをおろしはじめた。

それを見て、敬志も服を脱ぐ。

千夏がワンピースを足から抜き取った。

ラベンダー色の派手な刺しゅう付きパンティが形のいい尻を持ちあげ、ブラジャーも同じ色のものだ。

敬志も黒のブリーフだけの姿になった。

千夏がくるりと振り返って、近づいてきた。

くりっとした目が濡れて光っている。何と言っても、グレープフルーツに似た丸みを持つ巨乳が目を引く。

寄せてあげて式のブラジャーなのか、大きな球体が二つ真ん中に寄せられて、むぎゅうとせめぎあっている。

「いやだ、朝倉さん。ここばっかり見るんだから」

千夏が胸を手で隠した。

「ああ、ゴメン。でも、見るなと言う方が無理だよ」

「中身を見たいですか？」

「ああ、見たいね」

「しょうがないな」

千夏が背中に手をまわして、ホックを外した。それから、カップとともに腕から抜き取る。

(すごいな……！　デカいし、形もいい)

三十八年の間に実際にお目にかかったオッパイとしては、最高級のものだった。一玉数万円の最高級メロンといったところか。

見とれていると、千夏は敬志をダブルベッドの端に座らせた。自分は前にしゃがんで、ブリーフが包み込んだ肉柱をそっと触る。

徐々に情熱的になぞり、ついには、勃起した肉柱を布地越しに握って、しごいてくる。

もどかしい快感が高まり、じかに触れてほしいと感じたとき、千夏はそれを見抜いたように、ブリーフの横から手をすべり込ませて、硬直を握った。

しなやかな指で肉柱を握り、しごく。その動きが布地越しにもよくわかる。

「ああ、気持ちいいよ。なかでしごかれると、昂奮するよ」

「ふふっ……」

千夏は見あげて微笑み、指を敏感な亀頭冠に引っかけるようにしてさすり、ブリーフの上からキスをしてきた。

亀頭部の丸みにちゅっ、ちゅっと唇を押しつける。そうしながら、茎胴を握って、しごく。

とても巧みだった。オチンチンが好きなのだろう。

好きなものと戯れているから、見ているほうもそれを愛らしく感じてしまうのだ。

ブリーフの一部が唾液で濡れてきた。

そこでようやく千夏はブリーフに手をかけて、おろした。ブルンと頭を擡げた肉の柱は、自分でも惚れ惚れするくらいに、そそりたっていた。

「きゃっ、すごい……！」

千夏がオーバーアクションして、敬志を見あげてくる。

「これで、妻だけEDだったなんて、信じられない」

「今夜はとくに元気だ。きっと、千夏さんが相手だからだろうな」

「……うれしい。こんなにしてくれて」

千夏は大きな瞳を輝かせて、反り返っているイチモツを握った。

「いいのか？　拓海はいいのか？」

余計なことを言ってしまった。

「いいんです。それを言うなら、朝倉さんだって奥さまはよろしいんですか、ってことになるでしょ？」

「そうだな。俺は大丈夫だよ」

「だったら、わたしも大丈夫です。わたし、今、すごく朝倉さんとしたいんです。こんな気持ちになったのは、ひさしぶりなんです……」

千夏が羞恥をたたえた目で見あげてきた。

「わかった。俺も今、千夏さんを猛烈に抱きたいんだ」

気持ちを伝えると、千夏はホッとしたような顔をした。それから、姿勢を低くして裏筋を舐めあげてきた。

ツーッ、ツーッと舌でなぞりあげ、そのまま上から頬張ってくる。

敬志はベッドの端に座って足を開いているから、フェラチオはしやすいはずだ。

「んっ、んっ、んっ……」

千夏は途中まで唇をかぶせて、素早くすべらせる。上手すぎた。ぷにっとした唇が適度な圧迫感で、敏感な亀頭冠を摩擦してくる。

「あっ、くっ……！」

たちまちうねりあがる快感を、敬志はこらえた。

千夏はちゅぱっと吐き出して、胸を寄せてきた。

（えっ……？）

まさかなと思っている間にも、千夏は左右の乳房で、いきりたっているものを包み込んでくる。

それから、下を向いて、たらっと唾液を落とした。

二度、三度と唾液が乳房と中心の肉棹に命中して、溜まった唾をなすりつけるように千夏がパイズリしてくる。

左右のたわわなふくらみが真ん中の屹立を挟みつけるようにして、両方一緒に上下に動く。

唾液でぬるぬるした乳肌が柔らかく弾みながら、分身を擦ってくる。

パイズリされたのはいつ以来だったか、思い出せないほど久しぶりだった。

確かに、千夏の巨乳にパイズリされたらどれほど気持ちいいのか、と妄想したことはある。まさか、その願いが叶うとは……。

「気持ちいいですか？」

千夏が左右の乳房を同時に上げ下げしながら、訊いてくる。

「ああ、気持ちいいよ……俺にはもったいないよ」

「こんなことも、できるのよ」

千夏は見あげて言って、交互に乳房を動かした。これまでは左右一緒だったが、互い違いにマッサージしてくるので、摩擦が強くなって、ぐっと快感が高まる。

「ああ、そんなことされたら、したくなってしまうよ」

思わず言うと、

「じゃあ、しようよ」

千夏はパイズリをやめ、ベッドにあがった。

3

千夏はラベンダー色のパンティを脱いで、仰臥した敬志の下半身にまたがってくる。下を向いて、いきりたっているものを翳りの底に擦りつける。そこはすでにとろとろに潤んでいて、切っ先が湿原をなぞるたびに、

「あああ、あああうぅぅ」

千夏は気持ち良さそうに顔をのけぞらせる。

まだろくに愛撫もしていないのに、男のイチモツをしゃぶるだけでこんなに濡らし

ている。その感受性の豊かさに、敬志は発情する。

千夏は先端を受け入れると、慎重に沈み込んできた。亀頭部がとても窮屈なところをこじ開けていく確かな感触があって、

「はうぅ……！」

千夏が顔をのけぞらせる。

敬志も「くっ」と奥歯を食いしばっていた。

とても緊縮力が強くて、侵入者を粘膜がうねりながら、締めつけてくる。なかは洪水状態で淫蜜があふれている。もしも、愛蜜が分泌されていなかったら、キツすぎて抜き差しもできないかもしれない。

しばらくじっとしていた千夏が腰を振りはじめた。

両膝をぺたんとベッドについたままで、腰を前後に揺する。その腰づかいはなめらかで、ぎこちないところがひとつもない。

（二十五歳で、これか……）

この巨乳にして、この腰づかい……千夏は性的能力に恵まれているのだと思った。

これほどの女にセックスを拒まれているのだから、拓海はきっと気が触れる寸前なのだろう。仕事では、そんなところはおくびにも出さないのに……。

千夏が腰を揺するたびに、屹立が根元から揉みしだかれて、ぐぐっと快感がふくらんでくる。

「ぁあああ、気持ちいい……朝倉さんのオチンチン、すごく気持ちいい……どうしてなの？　ぁあああ、ぐりぐりしてくる。オチンポがぐりぐりしてくる……ぁあああ」

千夏は両膝を立てて開いた。

前のめりになって、腰を浮かした。頂点から振りおろしてくる。

パチンと乾いた音がして、尻とともに膣が打ち据えられる。

「あっ、くっ……！」

敬志は衝撃をこらえる。

千夏はしばらくそうやって腰を上から下へと叩きつけていたが、やがて、両手を後ろに突いて、のけぞった。

そして、尻を前後に振って、膣を擦りつけてくる。

「ぁああ、ぁああ、いいのよぉ……朝倉さんのオチンポ、気持ちいい。硬くて、奥をぐりぐりしてくる。ぁああ、止まらない……」

千夏が激しく腰を振る。

そのたびに、翳りの底に肉柱が出入りする様子がはっきりと見えた。自分のいきりたつものが女性のなかをうがつさまは、いつ見ても昂奮する。

たっぷりと擦りつけてから、千夏は上体を起こした。

それから、上半身を前に倒して、またさっきのように腰を打ち据えはじめた。

気持ち良かった。しかも、巨乳がぶるん、ぶるんと豪快に波打っている。

だが、ただ受けているだけでは昂奮しない。

敬志は尻がさがってくる瞬間を見計らって、下腹部をぐいと突き出す。すると、降りてくる膣の底に、猛(たけ)り立つものが突き刺さっていき、がつんと衝突して、

「ぁあああ……！」

千夏は悲鳴に近い声を放って、がくがくと痙攣(けいれん)した。いまだとばかりに、連続して突きあげてやると、

「あんっ、あんっ、あんっ……はぁあああ……！」

千夏は震えながら、前に突っ伏してきた。

(イッたか……？)

いや、まだイッていない気がする。

千夏の背中と腰を抱き寄せて、つづけざまに下から撥ねあげる。

勃起が斜め上方に向かって、膣粘膜を擦りあげていき、

「あん、あん、あん……ぁあああ、イッちゃう。わたし、イキそう……！」

千夏が訴えてくる。

「いいんだぞ。イッて……イケよ」

敬志が歯を食いしばって、突きあげたとき、

「来る、来る、来るよ……あん、あん、あん……イキます……ぁあうぅぅ、いやぁああああ！」

千夏は甲高い絶頂の声を響かせて、のけぞり返った。

膣がうごめいて、射精しそうになるのを、敬志は歯を食いしばってこらえる。


気を遣ってぐったりしていた千夏が上体を起こした。

いまだ元気にいきりたっている肉棹を軸にして、ゆっくりとまわりはじめる。足を小刻みに移動しつつ、真後ろを向いた。

何をするのかと見ていると、ぐっと前に屈んで、たわわな乳房を足に擦りつけてくる。

先の尖った乳首と、柔らかな肉層を感じる。

それから、千夏はさらに前屈して、足を舐めてきた。向こう脛のあたりをヌルッ、ヌルッと舌がすべっていく。

(何だ、これは?)

初めて体験することだった。しかも、ひどく気持ちがいい。

向こう脛を舐められることが、こんなに快感とは思ってもみなかった。そもそも、こういう発想がなかった。

ヌルーッと舌が這うと、ぞくぞくっとした甘い戦慄が流れる。

しかも、柔らかな乳房も同時に擦りつけられる。それだけではない。膣も脛を舐めるにつれて、いきりたつものを擦りながら締めあげてくるのだ。

気持ち良すぎて、目を瞑って(つむ)しまいそうになる。それをこらえて、凝視した。

肉色の陰唇が肉柱にからみついている。その少し上にさっきからヒクつくアヌスがはっきりと見えている。

自分でも、お尻の孔(あな)を見られていることがわかるはずだ。それなのに、いさいかまわず乳房を擦りつけ、脛を舐めてくる。

(想像していたより、男に献身的で、M的なところがあるんだな)

そう言えばこの前、二人の男性に攻められているところを想像して、オナニーすると言っていた。

（だったら、こうされたいんじゃないか？）

敬志は右手の人差し指をしゃぶって、唾液まみれにすると、前に伸ばして、アヌスの周囲に触れた。直接、窄（すぼ）まりに触れてはいないが、周辺にタッチしただけで、

「あんっ……！」

千夏がびくっとして、膣もぎゅんと勃起を締めつけてくる。

どうやら、ここも強い性感帯らしい。これまでの経験からいくと、アヌス周辺が感じる女性はけっこう多い。

唾液を伸ばすように周辺をなぞると、

「ぁああん、ダメです。そこは、ダメっ……はうぅんん」

千夏がくなっと腰をよじった。

だが、心底からいやがっているようには見えない。

周囲を円を描くようになぞると、千夏の様子が一段とさしせまってきて、

「ぁああ、あああぁ……気持ちいい。恥ずかしいのに、気持ちいい」

甘えた声を洩らしながら、もっと触ってとばかりに尻を押しつけてくる。

（なるほど……やっぱり感じるんだな）

今度はじかに窄まりの中心に人差し指を押し当ててみた。すると、びくびくっとアヌスが収縮した。

さらに、中心がひろがって、指先をきゅ、きゅっと内側へと吸い込もうとする。

(おおぅ、これはすごい!)

敬志が人差し指を窄まりの中心にあてつづけていると、千夏は身体を前後に打ち振って、窄まりを指に押しつけてくる。そうしながら、膣で肉柱も包み込んでくる。

「ぁあああ、あああ……気持ちいいの。たまらない……両方気持ちいいのよ……ぁあああ、たまんない」

幾重もの皺(しわ)が集まった小菊のようなアヌスを開きながら、擦りつけて、感極まったような声をあげる。

いっそのこと、指でずぶりとアヌスを貫いてやろうかとも思ったが、かろうじて自制した。

敬志は下から這い出て、千夏をそのまま這わせた。

後ろから腰をつかみ寄せ、屹立を膣に導く。

ちょっと腰を進めると、勃起がそぼ濡れた肉路に嵌まり込んでいって、

「はうぅぅ……!」

千夏が頭を撥ねあげる。

波打つような肉襞のうごめきを感じながら、大きく打ち込んだ。ずりゅっ、ずりゅっとイチモツが窮屈な肉路を往復し、蹂躙し、それに反応して、

「あんっ、あんっ、ぁあんん……」

千夏はシーツを鷲づかみにして、大きく喘ぐ。

（そうか……ここが感じるんだったな）

敬志は右手の親指を尻の割れ目にあてる。そうやって、アヌスを親指でいじりながら、ぐーん、ぐーんと勃起をめり込ませた。

「ぁああ、ああぁあ……いいんです。いいの、いい……ぁああ、イキそう。ねえ、またイッちゃう！」

千夏がさしせまった様子で訴えてきた。

敬志も射精しそうだった。どうせなら、千夏の巨乳が揺れるところを見ながら、放ちたい。

いったん結合を外して、千夏を仰臥させた。

片方の膝をすくいあげて、怒張を押し当てた。腰を入れると、屹立がすべり込んでいって、

「あうぅぅ……！」

千夏が顎を思い切りせりあげた。

かわいい顔が苦痛とも快楽とも判然としない表情にゆがみ、そののけぞった首すじのラインの危うさが敬志をかきたてる。

足をM字に開かせ、その頂点の部分の内側に伸びた腕でつっかえ棒をするようにして、ぐっと前に体重を乗せた。

千夏の尻があがって、勃起の角度と膣の角度がぴたりと合って、結合が深くなる。

「ぁああ、すごい……奥まで入ってる。すごい、すごい……あん、あんっ、あんっ」

千夏がリズミカルに喘ぐ。

ミドルレングスのさらさらの髪が散って、大きな目が今は閉じられている。顎をぐっと反らして、突かれるたびに巨乳をぶるん、ぶるるんと豪快に揺らしている。

部下の妻とのセックスなど、絶対にしないはずだった。

だが、これは、いいとか悪いとか、そういう問題ではなかった。

千夏が求めてきた。そして、自分は応じた。それだけのことだ。セックスはそういう合意があれば成立する。それをどうのこうのと言う資格は誰にもない。

徐々にストロークのピッチをあげていくと、千夏がさしせまってきた。敬志ももう我慢できなくなった。

「千夏さん、出そうだ」

ぎりぎりになって言うと、

「ください。大丈夫な日だから。ください……あん、あんっ、あんっ……イキそう。イクよ！」

千夏が下からつぶらな瞳で見あげてきた。その目が今は潤みきって、ぼうとしている。

ストロークを強くすると、ますます乳房の揺れが大きくなり、それを見ているうちに、敬志はもうこらえきれなくなった。

「行くぞ。出すぞ」

「ぁあああ、ください……あんっ、あんっ、あんっ……イクぅ！」

「そうら、イケぇ！」

連打したとき、

「イク、イク、イクぅぅ……！　うはっ……」

千夏がのけぞった。膣が締まるのを感じて、敬志はぐんと止めの一撃を突き入れる。

次の瞬間、

「ぁあああ、また……！　くっ！」

千夏がふたたび昇りつめ、敬志も男液を大量にしぶかせていた。

4

二週間後の夜、敬志は社宅に帰ると、自分の部屋ではなく、土屋夫妻の部屋に向かった。

ホテルで身体を合わせてから一週間後、敬志は驚くべき電話を千夏からもらった。

内容は、今度、３Ｐをしたいから、いらしてほしいというものだった。

「３Ｐって、どういう？」

びっくりして訊いた。

「もちろん男が拓海と朝倉さんで、女性がわたしひとりです」

「ちょっと、本気で言っているのか？」

「もちろん、本気ですよ。この前、わたし、男の人二人に攻められたいって言いましたよね。オナニーするとき、それを妄想してるって」

「確かに……俺はかまわない。きみとはもう一度しているし、きみには好意を抱いている。だけど、土屋はどうなんだ？　あいつがＯＫするわけがない」

「それが、ＯＫしたんですよ。してもいいって……」

「相手は俺だって、言ったのか？」

「はい、もちろん。拓海は朝倉課長なら……って」

「本当かよ？」

「しつこいな。事実です。信用できないなら、拓海に訊いてみてくださいよ」

「……だけど、よく受けたよな。どうやって受けさせたんだ？」

「簡単ですよ。わたしは拓海としばらくセックスレスだって言ったでしょ？」

「ああ、そう言ってたな。抱かれる気にならないって……」

「簡単だったわ。わたしには強い３Ｐ願望があって、男二人となら、あなたに抱かれてもいいって言ったんです。たとえば、相手は誰なんだ？　って訊くから、朝倉さんの名前を出したんです。そうしたら、拓海は態度を変えて、朝倉課長ならいいかなって……」

　敬志は啞然としたまま、話を聞いた。

「どうして、朝倉さんならいいのかって訊いたら、課長のことは好きだし、課長ならわたしが抱かれても許せるって……それに、いつも苦労ばかりかけているから、その恩返しとしてなら、千夏が抱かれてもかまわないって。朝倉さん、拓海にすごく慕われているみたいですよ」

「そうか……」

「だから、しましょうよ、3P……」

「そうだな。俺もそれはしたいけど、部下と3Pって、ヤバくないか？」

「ヤバいですよ。それを言うなら、朝倉さんは部下の妻と寝たんですからね。そのほうがヤバくないですか？　もし、それが公（おおやけ）になったら、困りますよね？」

「……きみは俺を脅しているのか？」

「違いますよ。たとえばの話です。わたしがそんなことするわけがないじゃないですか……だから、大丈夫ですよね」

「……ああ、わかった」

そう答えるしかなかった。千夏は想像以上にしたたかで、大胆だった。

「だったら、簡単なことじゃないですか？　来週の平日がいいかな。都合は合わせますから、うちに来てください」

「うちに……って。社宅のきみらの部屋か？　バレないか？」

「はい。うちは角部屋だから、声漏れは片側だけ気をつければいいです」

「だけど、怖いな。俺がホテルの部屋を取るから、そこではダメか？」

「ふふっ……住んでいる社宅で秘密の行為をするから、いいんじゃないですか？　とにかく、いつがいいか連絡してください。何だったら、拓海に知らせてもらってもかまいません」

「わかった……」

そう言って、敬志はスマホを切った。

その後、都合のいい日を拓海に教えて、今、訪れたところだ。

美穂子には今夜は遅くなると伝えてある。美穂子に対して罪悪感はある。しかし、バレなければいいのだ。

敬志の部屋は五階にあり、土屋夫妻の部屋は二階にある。まず大丈夫だとは思うが、美穂子に見つからないように気をつけて、インターフォンを押し、来訪を告げた。

すぐにドアが開いて、バスローブ姿の拓海が迎え入れてくれた。

「本当にいいんだな？」

敬志が確認すると、拓海が言った。

「ええ……千夏が我儘を言って、かえって申し訳ないです」

「いや、俺はいいけど……」

「こっちは全然問題ないです。どうぞ、どうぞ……」

招き入れられて入室すると、リビングには千夏がいて、シャワーを浴びた後なのか、バスローブをはおっていた。

千夏は敬志を見て、微笑み、

「無理を言ってすみませんでした。ありがとうございます。願いを叶えていただいて」

殊勝に言う。

「いや、お礼を言わなくちゃいけないのは、こちらのほうだよ。本当に俺でいいんだね？」

「もちろん……光栄です」

千夏が微笑む。

二人はすでに一度肉体関係を結んでいる。それを拓海に悟られるわけにはいかないので、気をつかう。

「じゃあ、シャワーを浴びてきてください」

「そうだな。そうしよう」

敬志はバスルームでシャワーを浴び、用意してあったバスローブをはおって、バスルームを出た。

待っていた二人とともに、敬志は寝室に向かう。

バスローブを脱いだ千夏が、ベッドに横たわった。

「あの、課長からどうぞ。俺は後で参戦しますから……何なら、隣の部屋に行っていましょうか？」

拓海が言う。

（こいつに、嫉妬心とか男のプライドはないのか？）

そう思って、千夏を見た。

「拓海はちゃんといてよ。逃げないで」

千夏が言って、拓海は「わかったよ」と呟いた。不貞腐（ふてくさ）れたわけではないことは、素直にベッドの端に腰をおろしたことでわかった。

「朝倉さん、来て……わたし、本当はずっとあなたとしたかったの。拓海は大丈夫だから、気にしないで。朝倉さんがいるから、拓海もわたしを抱けるんだから、むしろ、いいことしているって考えてください」

「……わかった」

敬志は余計なことは考えずに、このセックスに集中することにした。

バスローブを脱いで、ベッドにあがった。

先日、この身体を抱いて、その心地よさを知っているだけに、股間のものが反応して、頭を擡げている。

拓海の視線が気になったが、敢えて無視することにした。

下から敬志を見あげる千夏は、今夜は先日以上に可憐に見える。

乳房はやはりたわわだ。グレープフルーツみたいな双乳がお椀形にせりだして、薄く張りつめた乳肌から青い血管が透け出ている。

ちょうどいい大きさの乳首は濃いピンクで、粒立っている硬貨大の乳輪から二段式にせりだしていた。

「きれいで、大きな胸だね。柔らかくて、つきたての餅みたいにもちもちだ」

敬志は乳房を揉みしだきながら言う。

もちろん、拓海を意識している。せっかく夫が見ているのに、無言でするのではつまらない。

「そうですか？　大きすぎて、ずっとコンプレックスだったんですよ」

「バカな……きみの魅力はこの豊かなオッパイじゃないか。なあ、拓海。お前もそう思うだろう？」

意識的に、夫である拓海を巻き込んでみる。

「あ、ああ、はい……俺も千夏の巨乳に惚れました」

拓海がこちらを向いて言う。

「オッパイがいいのね？　わたし個人より、オッパイに惚れているのね？」

「いや、そうじゃない。もちろん、千夏が最初にいてこそのオッパイだよ。巨乳だったら、誰でもいいってわけじゃない。もし仮に千夏が貧乳だったら、俺は貧乳を好きになったと思うよ」

拓海が満点解答をして、それに満足したのか、

「それなら、いいわ……」

千夏が拓海を許した。それから敬志を見て、媚びを売った。

「乳首を吸ってください。千夏の乳首を舐めてください、早くぅ」

その哀願するようなキュートな表情がたまらなかった。

敬志はたわわなふくらみを揉みあげながら、突起を舌で上下左右に撥ねる。

れろれろっと舌で叩くと、

「あっ、それ……ぁああ、気持ちいい……あんっ、あんっ、ぁあああうぅぅ」

千夏はもっととばかりに胸をせりあげる。

敬志はもう片方の乳房も揉みしだき、乳首を舐める。湿らせてから、指で挟むように捏ねた。

そうしながら、こちら側の乳首を舐め転がし、吸った。

チュッ、チュッ、チュッと連続して吸いあげると、

「ぁあああ、これっ……ダメっ、感じちゃう。わたし、感じちゃう……ぁあああ、あああああ、気持ちいい……」

千夏は顎を突きあげて、下腹部をぐいぐい持ちあげる。

「どうした？　オマンコも舐めてほしいか？」

「はい……オマンコも舐めてほしい！」

敬志はちらりと拓海のほうを見た。拓海はこちらを複雑な表情で眺めていた。

「拓海、クンニしてあげなさい。千夏さんは二人がかりで攻められるのが好きみたいだから。そうだよな、千夏さん？」

「はい……二人でされたい。メチャクチャにされたい」

千夏が本心を吐露して、熱い目で二人を見た。

すると、拓海が近づいてきた。陰毛から肉棹をそそりたたせているのを見て、しぶといやつだと思った。

「これを置いたほうが舐めやすいだろう」

敬志が枕を渡すと、拓海はそれを腰枕の要領で敷いて、千夏の腰の位置を高くした。膝をすくいあげて、あらわになった恥肉を舐めはじめる。

拓海の顔が上下に動き、狭間を舌で擦られると、

「ぁああ、あああ……気持ちいい……」

千夏がうっとりとして喘ぐ。

こうなったら、自分も負けていられない。敬志はゴムまりのような乳房を揉みしだき、先端の突起を舐めしゃぶった。同時に、もう片方の乳首をつまんで転がすことも忘れない。

千夏もこれは初めて体験する感覚なのだろう、

「ぁああ、すごい……両方気持ちいい……わたし、二人がかりで攻められているのね。ぁあああ、昂奮する。もっと、もっとイジめて……」

千夏が訴えてくる。やはり、千夏は強いM性の持ち主らしい。

敬志は乳首を指で攻めながら、唇にキスをする。

唇を合わせていると、千夏の舌がからんできた。ねっとりと情熱的にディープキスをしながら、

「んんんっ、んんんんっ……！」

クンニされて、ぐぐっ、ぐぐっと恥丘を持ちあげる。

拓海はおそらくクリトリスを舐めているのだろう。陰毛の流れ込むあたりに吸いつきながら、その下の割れ目を指でいじっている。

「んんんっ、んんんんっ……！」

千夏がもっととばかりに恥丘をせりあげた。すると、拓海の指が膣に嵌まり込んでいくのが見えた。

「……ぁあああ、すごい。犯されているのね。わたし、二人に犯されていいのね……ぁあああ、もっとお指をちょうだい。一本じゃ物足りない。二本ちょうだい……そうよ、そう……ぁあああ、それ！」

千夏がぐーんと身体をのけぞらせた。

こうなると、敬志もエキサイトする。

千夏の顔の横にしゃがんで、いきりたちを握らせる。千夏は右手で勃起を握って、ゆったりとしごく。

そうしながら、二本指で膣をズブズブと抜き差しされて、

「ぁああ、いいの……気持ちいい……ぁあああ、欲しい。これが欲しいわ」

千夏は顔を横に向けて、敬志の肉柱を引き寄せた。

そして、自分から頬張ってきた。

敬志も協力して、イラマチオする。

腰を振って、屹立を口腔に抜き差しすると、千夏は美味しそうに頬張って、唇をからませてくる。

ズコズコと口腔に肉棹を打ち込んでいると、千夏は右手でそれの根元を握り、しごきながら、同じリズムで先端を頬張ってくる。

そして、拓海は指でピストンしながら、クリトリスを必死に舐めている。

「んっ、んっ、んんんっ……ぁあああ」

千夏が自分から肉茎を吐き出して、

「朝倉さん、もうこれが欲しい。入れてください」

逼迫した様子でせがんできた。

「本当にいいのか？　後で文句言うなよ」

心配になって拓海を見た。

「いいですよ。俺のことは気になさらないでください。むしろ、昂奮していますから」

事実かどうかはわからないが、拓海がそんなことを言う。

「わかった」

拓海がその場所から離れて、替わりに、敬志が足の間にしゃがんだ。

腰枕は置いたままだから、膣の位置があがって挿入しやすそうだ。

膝をすくいあげて、勃起を慎重に押し込んでいく。切っ先がとても窮屈な肉路をこじ開けていき、途中まで嵌まり込むと、

「はううう……！」

千夏が顎をせりあげた。

「おおぅ、キツいな。名器だな」

思わず言うと、

「そうでしょ？　千夏は美人で巨乳で、あそこも具合がいいんですよ。こんなにいい女、いないですよね？」

拓海がうれしそうに言う。

自分の女を上司に嵌められていながら、こういう能天気なことを言う。これはもう真似できない偉大な才能だろう。

「確かにそうだな。かわいいし、巨乳だし、締まりもいい。こういう女はそうそうい

ない。お前が羨ましいよ」

「いえいえ、課長の奥さんもなかなかのものですよ」

「おい、それは触れなくていいんだよ……おおう、締まってくる。そうら……」

敬志は両膝の裏をつかんで押し広げながら、屹立を打ち据えていく。

上から打ちおろして、途中からしゃくりあげる。こうすると、亀頭冠が膣のＧスポットを擦りあげながら、奥まで届く。

とくにこの体位では、深く入るから、ストロークしていても実感がある。

「あんっ、あんっ、あんっ……」

千夏はたわわな乳房をぶるん、ぶるるんと縦揺れさせながら、のけぞって喘ぐ。

見ると、右手で拓海の勃起を握っていた。

「ねえ、拓海。咥えさせて」

千夏がみずからリクエストして、咥えにいった。

拓海のギンギンにいきりたつ肉柱を頬張って、自分から顔を打ち振る。

それを見て、敬志は昂奮をかきたてられる。

膝裏をぐいとつかんで、体重を乗せたストロークを叩きつけると、

「んっ、んっ、んっ……！」

千夏は激しく突きあげられて全身を揺らしながらも、夫のペニスを頬張りつづけている。

男二人に攻められたいと言っていたから、願いが叶って歓喜状態だろう。

もっと攻めたくなって、体位を変える。

千夏を這わせて、腰をつかみ寄せた。いきりたつものを尻の底に押しつけて力を込めると、ぬるめるっとすべり込んでいって、

「ぁああうぅぅ……！」

千夏はシーツを鷲づかみにして、顔を撥ねあげる。

つづけざまに深いストロークを叩き込むと、

「あんっ、あんっ、あんっ……ぁああ、すごい……拓海、わたしの口を犯して。オチンチンで犯して……」

千夏が切々と訴える。

拓海は嬉々として前にしゃがみ、いきりたっているものを千夏の口腔に押し込んだ。腰を振って、叩き込み、千夏はそれを美味しそうにしゃぶっている。

敬志も全身にサディスティックな活力が漲ってきて、ここぞとばかりに激しく下腹部を叩きつけた。

パン、パン、パンと破裂音がして、

「んっ、んっ、んっ……！」

千夏は打ち据えられるたびに身体を前後に揺らし、巨乳を波打たせる。そうしながらも、一生懸命に怒張にしゃぶりついている。

打ち込みをつづけていると、千夏がイキそうになっているのがわかった。

ぶるぶると小刻みに四つん這いの裸身を震わせていたが、いったん肉棹を吐き出して、

「イクわ。イク……イッちゃう！」

さしせまった様子で訴えてくる。

「いいぞ。イキなさい。ただし、咥えながらだ。咥えて」

「はい……」

千夏が素直に夫の肉茎を頬張った。

敬志はその状態で、ふたたび打ち込みのピッチをあげていく。奥まで届けと強烈なストロークを浴びせると、

「うあっ……！」

千夏は気を遣ったのだろうか、頬張ったままがくがくと震えた。

それから、精根尽き果てたように、肉棹を吐き出して、ドッと前に倒れ込んだ。

5

オルガスムスの弛緩（しかん）から回復した千夏が、敬志を仰向けに寝かせて、またがってきた。いまだ元気よくいきりたつ肉柱を翳りの底に招き入れて、

「ぁああ、気持ちいい……」

上になって、腰を振る。

締まりのいい膣とスムーズな腰振りに、敬志は洩れそうになるのを必死にこらえた。

そのとき、千夏が前に倒れて、身体を合わせてきた。

そこに、拓海がやってきた。

なぜかローションの容器を持っていて、指に取ったローションを千夏のアヌスに塗りはじめた。

とろっとした冷たい潤滑液が、敬志の肉柱の根元や陰毛にも垂れてくる。

(何をする気だ？　考えられるのはアナルセックスだが、まさかな……)

この前、千夏はお尻も感じた。だから、アナルファックは充分に考えられる。しか

し、今、千夏は敬志の上にまたがって、屹立を膣に受け入れているのだ。

（ということは、二穴攻めか？　しかし、まさか拓海にそんな真似ができるとは思えないのだが……）

しかし、拓海は丁寧にローションをアヌスに塗り込め、マッサージらしきことまでしている。

「課長、あの……アナルファックしていいですか？」

拓海がおずおずと訊いてきた。

「いいけど……お前ら、経験あるのか？」

「……あります。これまでも、けっこうしています。ただ、二穴攻めはさすがにしたことがないです。男が二人いないとできませんから」

「……千夏さん、ひょっとしてそのために俺を……？」

「もちろん、朝倉さんに好意を抱いていました。でも、一度でいいから、前と後ろにオチンチンを嵌めてもらいたかったんです。どんな感じか知りたいし、願望としてすごくあるんです。していただけませんか？　ダメですか？」

「ダメなはずがない。きみがいいなら、俺は大歓迎だ」

「よかった……拓海、聞いたでしょ？」

「ああ……課長、感謝しています。まずは、指を入れますから……驚かないでください」

「わかった」

千夏の腰で隠れて、何をしているのかはっきりとはわからない。だが、人差し指に指サックをつけて、それをアヌスに押し込んできたのが、その感触ではっきりとわかった。

「ぁああ、気持ちいい……」

千夏が心から感じているという声をあげたる。

やはり、すでにアヌスは開発されているようだ。

(おっ、すごいな。拓海の指を感じるじゃないか)

どうやら、膣と直腸を分ける隔壁はそうとう薄いらしい。その証拠に、拓海の指の動きをはっきりと感じるのだ。

抜き差ししたり、横に動かしたりしても、その感触が伝わってくる。直接、触れているわけではないが、指がどう動いているのかをその微妙な圧迫感ではっきりとつかめるのだ。

ピストンされても、横にぐりぐりされても、千夏はとても気持ち良さそうだった。

「ぁあああ、朝倉さん、キスしてください」

そう言って、唇を合わせてくる。

ねっとりと舌をからめ、唇を吸い、ついばむ。甘い鼻声を洩らして、貪るようなキスをする。舌をからめあっているとき、

「あ、くっ……！」

千夏がキスをやめて、顔をのけぞらせた。

（どうしたんだ？）

そう思った次の瞬間、直腸に何か硬くて太いものが入ってくるのが、感触でわかった。

（い、入れたのか？）

千夏を抱きしめながら足のほうを見ると、拓海が両手を突いた姿勢で、固まっていた。

どうやら、アヌスに挿入したらしい。

と言うことは、千夏はヴァギナとアヌスの二つの穴にペニスを受け入れていることになる。

いくらローションで潤滑性が増しているとはいえ、相当キツいだろう。それを思う

と、昂奮してしまう。

「どうだ、前と後ろに入れられた気分は？」

拓海が珍しくS的な言い方をした。

「ああ、苦しいわ……圧迫がすごくて、つらい……」

「だけど、これをずっとしたかったんだろ？」

「そうよ……だから、すごいの。動けない。串刺しにされたみたいに動けない。ぁああ、爆ぜちゃうわ。わたしのあそこがパチンと爆ぜちゃう」

「これはどうかな？」

拓海がゆっくりと腰を振りはじめた。すると、直腸に嵌まり込んでいる肉棹も出入りして、それが往復するのを感じる。

そして、あんなに苦しそうだったのに、千夏の洩らす声が徐々に甘美なものに変わり、

「ぁああ、すごいの……感じる。オチンポを前と後ろに感じる。すごいのよ。二本のオチンポがわたしを犯しているの。ぁあああ、苦しい……苦しいのに、気持ちいいの……ぁあああ、あうぅぅ」

最後は喘ぎ声になった。

（俺も動かしてみるかな）

敬志もおずおずと突きあげる。

段々強く腰を振りあげると、イチモツが膣をずりゅっ、ずりゅっと擦りあげていき、

「ぁあああ、気持ちいい……両方、気持ちいいの……お尻もオマンマンも両方気持ちいいの……ぁあああ、すごい……すごいのよぉ」

千夏があからさまな声をあげる。

それにつれて、敬志のほうも急激に快感が高まった。後ろにペニスが入っている分、前も狭くなり、そこをこじ開けていく感触がこたえられない。

敬志が膣を突きあげると、拓海がアヌスに打ち込む。

また敬志が擦りあげると、拓海もズンと奥まで亀頭部を届かせる。

「うあっ……うあっ……うあっ！　ぁあああ、許して……許してください」

「わかっているんだ。そう言うだけで、本当は気持ちいいんだろ？　そうだね？」

拓海が言って、

「ああ、そうよ。本当は気持ちいいの。おかしくなるわ。わたし、良すぎてへんになる……ぁあああ、もっとちょうだい。千夏をメチャクチャにしてください。お願いします」

千夏が哀切な声をあげて、敬志も拓海も期待に応えようと、強く打ち込んだ。

敬志が激しく突きあげ、拓海も深々とアヌスをうがつ。

二本のカチカチのペニスで掘られて、千夏はもう声も出さないほどによがっている。

「ぁああ、へんよ、へん……熱いの。お尻が焼ける。オマンマンがズンズンと突きあげられる。お臍に届いてる。ぁあああ、狂っちゃう。わたし、おかしい！」

「いいんだよ、狂っても……ああ、出したくなった。千夏、なかに出していいのか？」

拓海が言って、

「ええ、ちょうだい。あなたのザーメンをお尻にください。朝倉さんのザーメンをオマンコにください……ぁああああ、イキます。イッていいですか？」

「いいぞ。イケよ」

最後は敬志がそう返して、二人はラストスパートした。残っている力を振り絞って、前と後ろの穴を犯す。ぐちゅ、ぐちゅと淫靡（いんび）な音がして、二人のペニスが薄い隔壁を通して、擦れ合う。

「おおぅ、行くぞ。出すぞ！」

敬志が思い切り突きあげたとき、

「イク、イク、イッちゃう……いやぁあああ！」

千夏は嬌声を噴き上げて、のけぞり返った。

イッているのだ。

駄目押しとばかりに深いところに届かせたとき、

「うおおっ……！」

敬志も吼えながら、放っていた。

少し遅れて、拓海が射精しているのがわかる。

そして、千夏は前と後ろの穴に白濁液を同時に浴びながら、がくん、がくんと躍りあがっている。

敬志が一滴残らず精液を打ち尽くしたとき、千夏は操り人形の糸が切れたみたいに、ふわっと力が抜けて、覆いかぶさってきた。

第三章　社宅でスワッピング

1

その夜、敬志は居酒屋で上機嫌で祝杯をあげていた。隣には、同じ社宅に住んでいる部下の永田祐哉がいて、もつ煮込みを食べている。

じつは今日、東京郊外にある住宅地の開発事業のプロジェクトリーダーとして、朝倉敬志が抜擢されたのだ。

すべて、柳田部長のお蔭だった。

夫婦交換をしたとき、部長は次のプロジェクトリーダーの件を取り上げてくれた。

それはあくまでも、美穂子に承諾させるための撒き餌(まえ)だと思っていた。

しかし、そうではなかった。実際に自分を抜擢してくれたのだ。

このことを美穂子に伝えれば、きっと喜んでくれるだろう。自分の苦労が報われたと感じて、これからの夫婦交換に積極的になる可能性が高い。

じつは最近、また二人はマンネリ状態に陥っていて、セックスレスだった。

これを機会に復活できたらいい。

それはさて置いて、今はまず腹心的部下である永田祐哉と抜擢を祝いたい。

「課長、プロジェクトリーダーの就任、おめでとうございます」

祐哉がジョッキを掲げる。

「今日、何度目だよ。手が疲れるだろうが」

敬志は文句を言いながらも、本心はうれしい。

「いやあ、何度カンパイしてもいいですよ」

「よし、ぐっと行こうか」

敬志がビールを呑むと、祐哉はジョッキを傾けて、ごくっ、ごくっと喉を鳴らす。

「永田、お前にも頑張ってもらうことになるからな。期待してるぞ」

「はい！　俺、課長のためなら、何だってしますよ」

「本当か？」

「本当ですよ」

敬志の脳裏には、一瞬『スワッピングしようじゃないか』という言葉が浮かんだが、さすがに言えない。いや、言うべきではない。

まだ若い土屋拓海ならまだしも、永田祐哉は三十二歳で、敬志の右腕として活躍している。

確かに、永田祥子は魅力的だ。しかし、極めて慎重に対応しないと、永田祐哉という大切な部下の信頼を失うことになる。

その後、一時間ほど呑んだろうか。

先に酔ったのは祐哉だった。

べろんべろんになって、トイレに立ったが、ちっとも帰ってこない。

這うように戻ってきたときには、もうとても飲食できる状態ではなかった。歩くのも無理そうなので、店にタクシーを呼んでもらった。

後部座席に祐哉を押し込んで、社宅の住所を告げる。

社宅に二十分ほどで到着して、二人はタクシーを降りた。

祐哉は足元も覚束(おぼつか)ないので、三階の部屋に送ってやった。ピンポンすると、すぐにドアが開いた。

出迎えた祥子は、すでに風呂に入った後なのだろう、パジャマにガウンをはおっていて、セミロングのウエーブヘアがよく似合っている。かわいらしさのなかにも女の色気が滲んでいる感じだ。

美穂子と髪形も背格好も似ているが、なぜか祥子のほうがエロい。

帰ろうとしたが、祐哉は玄関で倒れ込んでしまい、祥子が必死に起こそうとするものの、動かない。

「しょうがないやつだな。呑ませすぎたこちらにも責任がある。連れて行きますよ。失礼します」

敬志は靴を脱いで、玄関にあがり、泥酔している祐哉を背負い、階段を昇って、二階の寝室に連れていった。ベッドに寝かせて、ネクタイを外してやる。

「これで、いいだろう。じゃあな」

部屋を出て、階段を降りたところで、祥子が近づいてきた。

「あの……コーヒーでも出しますから、少しだけ休んでいってください。もちろん、奥さまもお待ちでしょうけど……このまま迷惑かけたままだとあれですので」

上目づかいに敬志を見て、言う。

「いや、でも、息子さんもいらっしゃるし……」

「息子はもう子供部屋でぐっすりですから、問題ありません。少しだけ休んでいってください。ちょっと相談したいこともありますし」

「相談ですか？」

「ええ……大したことではありませんが……」

「わかりました。うちのももう休んでいると思うので……」

「では、ぜひ……」

祥子の後をついていき、リビングに向かった。

敬志のうちと同じオープンキッチンで、キッチンからリビングが見渡せるようにできている。

ソファで休んでいる間に、祥子はコーヒーを淹れて、センターテーブルに置き、

「失礼しますね」とソファの隣に座った。

敬志はコーヒーを啜る。

「美味しいですね。コクがある」

「よかったわ。コーヒーが好きだから、とくにコーヒー豆には気を使っているんですよ」

「ああ、それで……で、相談って？」

「こんなこと、ばらしていいのかどうかわかりませんが、他に頼るところがないので

「……じつは……」

祥子はアーモンド形の目で、敬志を見た。

「何ですか？」

「……祐哉さん、浮気しているんです」

「はっ……？」

祐哉と不倫がまったく結びつかないので、愕然としてしまった。

「まさか……祐哉のような真面目なやつが、不倫なんかしないでしょ？　だいたい多忙で、不倫なんかしている暇はないはずです」

「仕事が忙しいことはわかっています。でも、職場に不倫相手がいるとしたら、どうでしょう？」

「えっ、まさか？」

「事実なんですよ。ほら、これ」

祥子が差し出したスマホの画面には、祐哉と女のＬＩＮＥのやりとりが撮影されていた。

読むほうが恥ずかしくなるような愛の告白のやりとりがあり、ご丁寧に次に逢う日時まで、決められている。

そして、相手を見たとき、びっくりした。

フルネームで『加藤莉乃』とある。

(加藤莉乃って、ほんとかよ!)

莉乃はうちの課の事務の三十八歳のベテランであり、俗に言うお局様的な立場のOLである。

お局様というと、見た目の怖い女を連想しがちだが、莉乃は違う。

いつも柔和な癒し系で、穏やかな雰囲気が職場を和ませる。

結婚して一時会社を辞めていたが、三年前に夫を癌で亡くし、その後うちに戻ってきた。元々優秀だから採用されたのだが、それは今も変わっておらず、じつに頼りになる。

そんな莉乃と祐哉がつきあっていることが、敬志には信じられなかった。

「これは確かなんでしょうか? 他に証拠は?」

「あります。ちょっと恥ずかしくてお見せできないLINEのやりとりもあります」

「そうですか……まさか、うちの加藤莉乃がね。もう三十八歳なんですが、とても穏やかで、癒し系で、それでいて仕事はできる。うちの事務のエースなんですよ。ちょっと信じられないな……もっとも、未亡人だから、魔が差したってこともあるかもしれませんが……」

「ダンナさんを亡くしていらっしゃるんですか？」

「ええ……三年前に亡くして、その後、うちに復帰してもらったんですよ。しかし、どうしてこんなことになったのか……すみません。私の監督不行き届きです」

「いえ……わたしがいけないんです」

「えっ……？」

「ずっと育児に追われて、祐哉さんの相手をろくにしてあげられなくて……」

「こんなことを聞いてあれですが……ひょっとして、セックスレスですか？」

「……はい。だから、きっとそのせいだと思います。ある意味、わたしがいけないんです」

そう言って、殊勝にうつむく祥子を目の当たりにすると、何か感じてはいけない情動が湧きあがってくる。

そんな気持ちを抑えて、冷静に訊いた。

「で、そのことを祐哉には？」

「伝えていません。伝えたら、二人が終わってしまうようで、言えません」

「そうですか……賢明でしたね。わかりました。俺が何とかします。あいつの不倫をやめさせます。ですから、祥子さんは何もしないでください」

「……わかりました」

祥子がうなずく。こんないい女がいながら、浮気をする祐哉の気持ちがわからない。まあ、それと同じことを自分も言われるだろうが……。

それにしても、祥子は殊勝で愛らしく、なおかつエロい。今のところは、そのへんは心の奥にしまっておこう。

「任せてください」

部屋を出て、玄関に行くと、後ろから来た祥子が三和土(たたき)にある敬志の靴の向きを変えてくれた。後ろ向きにしゃがんだので、パジャマに包まれたむっちりとした尻に三角にパンティラインが浮き出ているのが見えて、ドキッとした。

2

三日後の夜、敬志はフランス料理店の個室で加藤莉乃とディナーを摂っていた。

莉乃に言い聞かせて、永田祐哉との不倫をやめてもらうためだ。

この年齢の女性となると、居酒屋クラスでは厳しい。このくらいの高級フレンチを用意しないと、うんとは言ってもらえないだろう。

「へんですね。課長が何の魂胆もなしに、こんなフレンチをご馳走してくれるはずがない。何ですか？」

「それは、後にして……まずは、シェフ入魂のフレンチを愉しもうじゃないか」

「そうですね。じゃあ、遠慮なく……」

莉乃が微笑んで、目の前の前菜を口に運ぶ。

昨日の段階で、ここに連れていくと約束していたせいだろう。莉乃は普段とは違うよそ行きのドレスを着て、化粧もばっちり決まっている。

そのためか、三十八歳の未亡人の色気がむんむんと洩れてしまっている。

これでは、祐哉が惚れてしまったのも納得できる。

二人は二時間かけてフルコースを味わった。その間、呑みやすいワインを莉乃は何杯か口にしているせいか、顔色もほんのりとピンクに染まって、口もかるくなってきている。

デザートが出たときに、敬志は初めてあの件に言及した。

「ところで、きみのような女性がなぜ永田とつきあっているんだ？」

「えっ……？」

「知っているんだ。永田の奥さんから聞いた。実際にその証拠のＬＩＮＥも見せてもらった。だから、シラを切る必要はない。つきあっているんだな？」

「……証拠があるのなら、仕方ないですね」

莉乃が諦めたように事実を認めた。

「どうしてそうなった？　きみと永田は釣り合っていないように見えるが……」

「それは……みんなで呑んだ後で二人になったときに、彼から、奥さんが寝てくれないと、セックスレスだってことを伝えられて……欲求不満でどうにかなってしまいそうだって聞いたから、それで……」

「それで、つきあってやったのか？」

「ええ……彼がとてもつらそうだったし、抱かせてくださいって土下座されたから、断れなかった。誰だって、そうなるでしょ？」

「……ううん、まあな」

「そうしたら、よほど良かったらしくて、何度も誘ってくるから、つきあってあげているんです。それに……わたしもまだまだ女だから。知ってるでしょ？　女性って、四十路が近くなると身体がエッチになるらしいですよ。ホルモンの関係らしいけど」

莉乃がじっと正面から見つめてくる。

「なるほど、わかった。二人の間に、少なくてもきみには強い恋愛感情がないってことがわかって、安心した。このことは誰にも言わない。伏せておく。だから、永田と別れてくれないか？」

「……そうね。奥さんがご存じなら、そうすべきよね。永田さんには奥さまも子供もいるし、家庭を壊してまでつきあうつもりはないわ」

「よかった」

「ただし……」

莉乃が身を乗り出してきた。深く割れたドレスの胸から、たわわな胸の双球がかなり際どいところまでのぞいて、視線が向かいそうになるのをぐっとこらえた。

「ただし、何だ？」

「……わたしとしてもただ課長の言うことを聞くのは、いやだわ。わたし、じつは課長と肩を並べるくらいの力があると思っているから」

「確かにそうだ。きみがいなければ、うちの事務はまわっていかない。そういう点では俺より上かもしれない」

「ふふっ、さすがね。朝倉課長の長所は社員を客観的に評価できるところ……だから、今回の新プロジェクトのリーダーを任されたんでしょ？」

それは違う。自分が部長と夫婦交換をしたからだと思ったが、もちろん言わない。

「そうだといいんだが……」

「……これからホテルに行きませんか？　わたしをたっぷりとかわいがってください……それに満足できたら、永田さんと別れてあげる。それでどう？」

「それはむしろ、こっちからお願いしたいくらいだけど……」

「本当かしら？」

「もちろん」

「じゃあ？　それで手を打つわ」

「わかった。ちょっと待っていてくれ」

敬志は席を外してRホテルに電話を入れ、部屋を取った。それから、ケータイに電話をかけて、美穂子に今夜は予定よりさらに遅くなるから、先に寝るように告げた。

三十分後、Rホテルの一室。

敬志はシャワーを浴び終えて、部屋に向かう。

大型ベッドには、莉乃が布団をかぶり、窓のほうを向いて横臥していた。

まさか、こんなことになろうとは夢にも思わなかった。しかし、これで莉乃が永田と別れてくれるなら、悦（よろこ）んで莉乃を抱くだろう。

敬志は全裸で近づいていって、ベッドにあがり、莉乃の後ろに体をすべり込ませた。後ろから抱きしめながら、もう一度確認をする。

「本当に、これで永田と別れてくれるんだね？」

「そうよ……」

乳房にまわった敬志の手を、莉乃が上から押さえる。

「しつこいようだけど、俺でいいんだな？」

「そうよ。わたし、課長と同期入社なのよ」

「もちろん、知ってる」

「あの頃から、何となく朝倉さんって、どんなセックスをするんだろうって、気になっていたのよ」

「そうなの？」

「そうよ」

「それって、俺が好きってことか？」

「バカね。違うわよ」

莉乃がくるりと振り返り、敬志の腕に頭を乗せ、胸板に顔を寄せてくる。

「わたしはあのとき、もう元のダンナとつきあっていたから」

「そんな前から？」

「そうよ。だから、彼が亡くなったときは、本当に生きていけないと感じたわ。だって、それまで彼がわたしの生き方を決めてくれていたから。しばらくは立ち直れなかったのよ。でも、最近ようやく楽になった。いないなら、いない人生を送るしかないでしょ？」

「なるほど。それで、永田とも……」

「そうね。それはあるかもしれない」

「俺とも？」

「そうかもしれない……彼のこと、忘れさせてもらえますか？」

「……頑張ってみるよ。正直言って、まさかきみとこういう関係になるとは思わなかったよ」

「いやなら、しなくていいのよ」

「そういう意味で言ったんじゃないさ」

敬志は上になって、莉乃の両手を万歳の形に押さえつけた。それから、キスをする。唇を奪い、角度を変えてついばみ、それから、顎から首すじへとキスをおろしていく。

「ぁあああ……どうしてなの？　すごく感じる……ぁあああうぅ」

「両手を頭の上にあげて……右手で左の手首をつかんで」

「こう？」

「そう……離してはダメだよ」

莉乃が両手を頭上でつないだのを確認して、敬志は自由になった手で乳房をつかんで、押しあげる。

たわわで柔らかな乳房が指にまとわりついてくる。

特別大きいというわけではないが、Ｄカップくらいだろうか、ちょうどいい大きさのふくらみが甘美な弾力を伝えてくる。

ちょっと汗ばんだ乳肌がしっとりと手のひらに吸いついてきた。

肌はきめ細かく、その抜けるように白い乳肌から幾重にも走る青い血管が透け出ている。

ゆっくりと揉みあげ、指で乳首をかるく触れる。

「あっ……！」

莉乃は過敏なほどに反応して、顎をせりあげた。

「感じやすいんだね？」

「そう？　自分ではわからないわ」

「永田とは何度くらいした？」

「……答えなくてはダメ？」

「ああ、知りたい」

「大したことはないわ。全部で五回かな」

「五回か……大したことあるじゃないか？」

「そう？」

「そうだよ。その五回で、きみはこの三年間のブランクを解消したんだな。それで、こんなに敏感に反応する」

「鈍感よりいいでしょ？」

「それはそうだ。セックスでいちばん大切なのは、容姿ではなくて、いかに感じてくれるかだと思うな。どんなに美人でも、マグロじゃシラける」

「そういう人がいたんだ」

「どうかな……」

内心はひとりごちたなと思いつつ、乳首にしゃぶりついた。

肌同様に透けるようなピンク色の突起が二段式にせりだしていて、そこをじっくり

と舐めると、見る間に硬くしこってきて、

「んんっ……ぁあああ、あうぅぅぅ」

莉乃は顔をのけぞらせて、喘ぐ。

(よしよし、いいぞ……!)

敬志は乳首をたっぷりとかわいがり、顔を下腹部に移した。

膝をすくいあげて、翳りの底にしゃぶりつく。

漆黒の台形に繁茂した恥毛の底に、艶やかに花開いた花弁があり、その中心にはすでに大量の蜜があふれていた。

その蜜をすくいとるように舌を走らせる。つづけざまに舐めあげて、その勢いのまま、上方の肉芽をピンと弾くと、

「ぁあああ……!」

莉乃はこちらがびっくりするような嬌声を張りあげて、顔をのけぞらせる。

やはり、敏感だ。

しばらく男性不在で過ごしてきた三十八歳の肉体は、往時を取り戻した。いや、熟した分、余計に感じているのだろう。

敬志は肉芽にしゃぶりついた。包皮ごと舐め、吸った。それから、皮を上方に引っ

張りあげて、紅玉を剝き出しにさせる。

クリトリスは大きめで、宝石のような光沢を放っていた。

それをじかに舐めた。舌をゆっくりと上下に這わせると、

「あああ、あああ、気持ちいい……蕩けていくわ。あうぅぅ」

莉乃は心から感じている声をあげて、顎をせりあげる。

今度はちろちろっと横揺れさせる。舌先が肉芽を弾いて、その刺激が心地よいのか、

「ぁあああ……くうぅぅ」

莉乃は恥丘をぐぐっと持ちあげて、陰核を押しつけてくる。

敬志は全体を吸い込み、ちゅっ、ちゅっ、ちゅっと断続的に吸う。すると、莉乃はますます下腹を突きあげて、

「ぁああああ、ダメっ……イッちゃう!」

さしせまった声をあげて、恥丘をぐいぐい擦りつけてくる。

(そうか……クリが弱いんだな)

敬志は陰核にしゃぶりついて、吸ったり、舐めたりを繰り返した。そうしながら、膣口のあたりを指でなぞってやる。円を描くように擦ると、そこがひろがって、敬志の指先を呑み込もうとする。

呑み込まれる寸前で縁をさすってやると、莉乃はもう我慢ができないとでもいうように腰を振りあげ、

「ぁあああ、恥ずかしいわ。こんなことして……でも、いいのよ。ぁあああ、欲しいわ。欲しいのよぉ」

敬志はどうしようか迷ったが、ひとまずシックスナインの形で攻めることにした。仰臥して、莉乃にまたがらせる。

ハート形の肉感的なヒップが突き出され、狭間の陰部は赤く濡れて、ぬらぬらと光っていた。

敬志がクンニを開始する前に、莉乃がイチモツに貪りついてきた。

莉乃の尻と左右の太腿が作る台形の隙間の向こうに、莉乃の顎の裏側が見える。

大胆に頬張っている。そそりたつものを一気に奥まで含んで、

「んっ、んっ、んっ、んんっ……」

勢いよく唇をすべらせる。顔が激しく上下に動いているのが見える。

(そうか……シックスナインだったな)

敬志は目の前の花弁にしゃぶりついた。わずかに口をのぞかせている女の祠(ほこら)を舐めまわしていると、

「んんっ……んんんんっ……！」

莉乃は腰をくねらせながらも、思い切り肉棹を頬張り、唇をすべらせる。

一気に快感が高まった。

莉乃は右手で肉柱の根元をしごきながら、先端にかぶせた唇を素早く往復させて、亀頭冠を攻めたててくる。

うねりあがる快感をこらえて、敬志はクンニに集中する。

狭間の粘膜をべろり、べろりと舐め、今は下方にある陰核を吸ったり、舌で弾いたりする。

「あああ、我慢できない……入れて、これを」

莉乃が肉茎を吐き出して、いきりたちをぎゅっと握る。

「いいぞ。自分で入れなさい」

莉乃はゆっくりと立ちあがり、こちらを向いて、下半身をまたいだ。

バランスの取れた、出るべきところは出た素晴らしい身体つきだった。

莉乃はいきりたつものをつかんで、翳りの底に導き、ゆっくりと腰を沈めながら、手を放す。猛り立つものが熱く滾（たぎ）った肉路に嵌（は）まり込んでいって、

「はうぅぅ……！」

莉乃は顔をのけぞらせて、動きを止めた。

熱せられたような女の坩堝が勃起に絡みつき、締めつけてくる。その圧迫感をこらえていると、莉乃は前後に腰を揺すりはじめた。

そのスムーズな動きが、莉乃が女として完成された存在であることを示している。

「ぁああ、あああ……気持ちいい……課長のオチンポ、ちょうどいいのよ。ぁあああ、ああうぅぅぅ」

莉乃はぐいん、ぐいんと大きく腰を振っていたが、やがて、前に倒れ込んできた。敬志の唇に唇を重ねる。ちろちろと唇を刺激し、さらに、舌を押し込んできた。敬志の舌をからめとり、濃密なディープキスをする。

そうしながら腰を動かすので、敬志も性感が高まる。

「あああ、あああ……気持ちいい……課長、わたし本当に気持ちいいの」

莉乃がキスをやめて、言う。

セミロングの髪が覆いかぶさった顔が悩ましい。とろんとした目が莉乃の持つ強い情欲を伝えてくる。

「もう一度キスしてくれ」

莉乃が唇を重ねてくる。

敬志も唇を合わせながら、背中と腰を抱き寄せて、下から突きあげてやる。ぐさっ、ぐさっと肉棹が突き刺さっていき、

「んんっ、んっ、んっ……あはっ！」

キスしていられなくなったのか、莉乃が顔をのけぞらせて、喘いだ。

今だとばかりにつづけざまに腰を持ちあげると、勃起が深いところをえぐって、

「あん、あん、あんっ……」

莉乃は愛らしく喘ぎ、ぎゅっとしがみついてきた。

(かわいいところがあるじゃないか……！)

敬志は昂り、思わず尻たぶを強くつかんだ。すると、莉乃はそれが感じるのか、

「ぁあああ、それ、いい……」

「こうか？」

敬志は両手をいっぱいに伸ばし、左右の尻たぶを鷲づかみにしながら、力強く突きあげた。ギンギンの肉棒が蕩けたような粘膜を擦りあげていき、

「あんっ、あんっ、あんっ……ぁあああ、おかしくなる。わたし、おかしくなるぅ」

莉乃がまた唇を合わせてきた。

敬志もそれに応えて、キスをしながら、思い切り怒張をせりあげる。同時に、左右

の尻たぶをぎゅうとつかみ寄せた。

「いや、いや、いや……ぁああ、へんよ、へん……ぁあああ、イクかもしれない。イクよ、イク……やぁあああああ……！　はうっ！」

莉乃はかぶさったまま、のけぞり、がくん、がくんと震えた。それから、糸が切れたみたいにがっくりと覆いかぶさってきた。

3

だが、敬志はまだ放っていない。

それに、莉乃は祐哉と五回もしているのだから、ここは頑張って、自分が祐哉よりもすごいセックスをすることを見せつけたい。

もちろん上司が部下よりもすごいセックスをしなければいけないということはない。いや、むしろ部下のほうが若いのだから、タフなセックスをするのが普通だ。しかし、ここは莉乃に、やっぱり課長のほうがすごかったと思わせたい。

ぐったりした莉乃をベッドに這わせて、自分はベッドを降りて、床に立つ。

「こっちに……」

呼ぶと、莉乃は肉感的な尻を振るようにして後ろに移動し、ベッドのエッジぎりぎりのところで、尻を突き出してきた。

蜜がにじんでいる花肉の割れ目に、切っ先を押し当てた。

深いところへ打ち込みながら、尻を引き寄せると、

「ぁあああ、すごい……！」

莉乃が叫ぶ。

「何がすごいんだ？」

「硬くて、長い……課長のオチンポ、硬くて長いの……ぁああ、押してくる。なかを押してくる」

「そうか……じゃあ、奥をぐりぐりしてやる」

バックからの体位はペニスの先がダイレクトに子宮口に届く。それに、男が床に立ってのバックは全身を使えるから、打ち込みが強くなる。

ぐいと下腹部をせりだして、切っ先を柔らかなふくらみに擦りつける。

「ぁあああ、すごい……奥が気持ちいい……ぐりぐりされるとおかしくなる。ぁあああああ、あああ……そんなことされたら、またイッちゃう。イキます」

「いいんだよ、イッて。何度もイッてほしい。莉乃がイクところを何度も見たい」

どさくさに紛れて、莉乃を呼び捨てにした。

「ぁあ、うれしい……ねえ、莉乃を煽（あお）って！」

「そうら、莉乃。イケよ。イクんだ。元ダンナは忘れろ。すべて忘れて、空っぽになれ。いいんだぞ」

「はい、はい……ぁあああ、ちょうだい。思い切り、奥を突いてください！」

「よおし、行くぞ。そうら……」

腰をつかみ寄せて、屹立を奥へと届かせる。ぐい、ぐい、ぐいっと連続してえぐったとき、

「ぁあああ、来る……また、来る……あはっ！」

莉乃はシーツを鷲づかみにして、一瞬、大きくのけぞり、それから、痙攣しながらドッと前に突っ伏していった。

だが、敬志はまだ出していない。

莉乃を追って、自分もベッドにあがり、腹這いになっている莉乃を上から押さえつけた。

腕立て伏せの格好で、屹立を尻めがけて打ちおろしていく。

すると、完全勃起したイチモツが尻の底をうがち、奥へとすべり込んでいって、

「あああ、くうぅぅ……」

莉乃は尻だけを高く持ちあげて、打ち込みを受け止める。

「おぉぅ、締まってくる。ああ、気持ちいいぞ」

打ち据えながら言うと、

「ああ、出していいのよ。わたしは妊娠できないから。いいのよ、中出しして……」

莉乃が言う。

(そうか……それで、前夫との間にも子供ができなかったわけか)

可哀相(かわいそう)だが、自分がどうにかできることでもない。

それに、今はもう射精したくてしょうがない。ぐいぐい押し込んでいくと、

「あああ、あああ……」

莉乃が凄艶に喘ぐ。膣に締めつけられる感触、柔らかく押し返してくる尻たぶの弾力がたまらない。

「莉乃の尻が気持ちいいぞ。そうら、出してやる。お前のなかに出してやる……そうら」

敬志は連続して、えぐりたてる。

屹立が狭い肉路を擦り、同時に尻たぶを押し込んでいく感触が快感となって伝わってきた。

「ぁああ、出してください……出して……あんっ、あんっ、あんっ……ぁああああああああ、イキます。イク、イク、イクぅぅぅ！」

莉乃はぎりぎりの嬌声を噴きあげて、ぐーんと上体を反らした。

その姿勢で痙攣するのを感じて、敬志は止めの一撃を突き刺す。

「ぁああ、また……！」

莉乃が今夜何度目かの絶頂を極めるのを感じた直後に、敬志も大量の男液をしぶかせていた。

4

二週間後の夜、敬志は永田夫妻を自宅に招いていた。

夫婦交換をするためだ。なぜこうなったかというと……。

敬志は永田祥子に、「加藤莉乃に言い聞かせて、祐哉と完全に別れることを承諾させた。これで、もう莉乃は絶対に祐哉と二人で逢うことはないから、安心するように」と伝えた。

祥子はとても感謝して、何かお礼をしたいと言った。

そのとき、これだという考えが脳裏に浮かんだ。すなわち、永田夫妻と朝倉夫妻のスワッピングだ。祥子を説得するためにこう言った。

「じつはうちは今、セックスレスなんだ。マンネリ化が原因で、ちょっとやそっとのことでは、セックスする気にならない。妻だけEDってやつだ……で、それを打破するためにも……夫婦交換をしたいんだが」

思い切って口に出すと、祥子が眉根を寄せた。

「夫婦交換……ですか？」

「ああ……二組が集まって、ほんのちょっとでいい、真似事でいいから俺が祥子さんと、祐哉が美穂子とそれらしいことをする。そうすると、男は嫉妬して、むらむらと欲望が湧いてくる。おそらく、祐哉も祥子さんへの熱い思いが復活する。俺も美穂子への独占欲を刺激されて、美穂子を抱きたくなる。そうすれば、一石二鳥だ。祐哉も完全にあなたの元に戻ってくるだろうし、こちらも美穂子とのセックスレスを解消できる」

「本気で言っていらっしゃるんですか？」

「もちろん、本気です」

「でも、美穂子さんがうちのに抱かれるんですよ。いやじゃありませんか？」

「いやだけど、その分、昂奮もするんですよ。すべての男性がそうではないでしょうが、自分の妻や恋人が他の男に抱かれるのを見て、ひどく昂るというあれもあるんです。多分、俺はそれです。心配には及びません。俺たちはすでに一度夫婦交換を体験しているんです」

「えっ……？」

「引かれましたね」

「いえ、スワッピングはそういう形があると、聞いてはいたんですけど、まさか、それを実行なさってるカップルがいるとは……それが、尊敬する課長夫妻であることにかなりびっくりしています」

「どんなおしどり夫婦だって、マンネリ化してセックスレスになるんです。それが普通なんです。あなたたちだってセックスレスだったから、祐哉が他の女に手を出した。そうじゃありませんか？」

「……そうかもしれません」

「だったら、それを解消しないと、根本的な解決にはなりません。敬志がまた他の女に手を出すかもしれない」

「でも、奥さまは祐哉なんかが相手では、そういう気持ちにはならないのではないでしょうか？」

「そこは大丈夫です。私が言って聞かせます」

「……朝倉さんはわたしなんかでいいんですか？」

祥子が心配そうに敬志を見た。その目線が色っぽい。

「祥子さんだから、いいんです。こんなことを言うと嫌われそうですが、前から祥子さんを素敵な方だなと思っていました。もともとは自分があなたを抱きたいから、こういう案をひねりだしているのかもしれません。それが嫌でしたら、断ってもらってもまったくかまいません」

「……いえ、そこはわたしはまったく大丈夫です。相手が朝倉さんなら……」

祥子が少し色っぽい目で、敬志を見たような気がした。

「でも、どうやって祐哉さんに切り出したらいいのか……」

「それなら、大丈夫です。私のほうで言います。ですから、そこは心配なさらなくていいです。どうしますか？」

「……では、こうしていただけますか？　朝倉さんのほうで、祐哉さんと奥さまに提案していただいて、両方ともＯＫならば、わたしもそうします」

祥子がそう言ったとき、敬志はガッツポーズしたい気分だった。

敬志は部屋を出て、家に帰った。

そして、翌日、祐哉に提案をした。

祐哉にはすべての事情を話した。祐哉が加藤莉乃と不倫をしていることを祥子が知って、自分に解決を頼んできた。そこで、莉乃にその旨を話して、別れるように交渉して、莉乃はそれを受け入れたこと。

そして、自分と美穂子は今、マンネリ状態でセックスレスに陥っているから、それを解消するためにも、二人は夫婦交換をしたい。もちろん、実際に挿入はしなくてもいい。その雰囲気さえ出せれば、そこでお互いの連れ合いに戻る。

このことは、じつは祥子にもＯＫをもらっている。

それに、祐哉は祥子が寝てくれないと嘆いていたらしいが、それを解決する方法でもある。

「お前は断れないんだよ。そうだろ？」

強い口調で言うと、気が弱い祐哉は、静かにうなずいた。

「それに、祐哉は時々、美穂子のことをいやらしい目で見ていたよな。わかっているんだぞ。お前は美穂子を抱きたいと思っている。その願いが叶うんだから、お前としても悪い提案じゃないだろ？　どうだ？」

余裕を持ってにらんでやった。祐哉はさすがに即決はできないらしく、「明日まで考えさせてください」と一応、返事を保留した。

だが、翌日には承諾の返事をしてきたから、おそらく、祥子と相談して、決めたのだろう。浮気の件でこってり搾られたに違いない。

そして、今日、永田夫妻は息子を母親に預けて、二人で朝倉家にやって来た。

美穂子はご馳走を作って、二人をもてなした。

この件を持ち出したとき、美穂子は最初、渋った。しかし、最近またセックスレスに陥っているのは、柳田部長夫妻とのスワッピングの記憶が薄れて、刺激が足りなくなっているせいであることを、美穂子はわかっていた。

それに、『祐哉は仕事上での俺の右腕でもある。あいつをやる気にさせておきたいんだ。だから、頼むよ』と懇願すると、美穂子は最後には承諾してくれた。

この前、柳田部長夫妻とスワッピングをしたから、敬志が新プロジェトのリーダーに指名された。それで、スワッピングに対していいイメージを持ったのだろう。

美穂子はテーブルに乗り切らないほどの料理を作り、二人をもてなした。

祐哉と祥子は恐縮していたが、徐々に寛いできて、和やかな雰囲気になった。

夫婦交換を成功させるためには、お互いの信頼感は大切だ。それがなければ、途中でいやな雰囲気になってしまう。

リラックスしたところで、永田夫妻に先にシャワーを浴びてもらった。その後で、敬志は美穂子とともにバスルームに向かった。

美穂子と一緒にシャワーを浴びるのは、ひさしぶりだった。

全裸になって、細かい無数の水しぶきで肌を潤わす美穂子は、いつ見ても美しい。ただ美しいだけではなく、むっちりとした肉がつき、その柔らかなゆとりが美穂子の女性美をいっそう際立たせていた。

「ありがとうな。こんなことを頼んで」

「……いいのよ。仕事のためでしょ？　わたしもそろそろあれだったから……」

美穂子がシャワーを切って、ヘッドをフックにかけた。

(あれって、何だろう？　刺激が足りなくなっていたってことか？)

そうならばいいのだが、と思いながらも、言った。

「もし祐哉がいまいちだったら、最後はアレしなくていいんだからな」

「わかりました」

美穂子はクールに言って、化粧を直している。

敬志は急いでシャワーを浴び、股間をとくに清めた。それから、バスローブをはおって、二人でバスルームを出た。

リビングのソファには祐哉と祥子が座っていた。二人ともうちのバスローブをはおっている。二人が立ちあがったので、

「ああ、いいよ。座っていて。まずは、ここでしよう。交換はせずに、今のままでしよう……きみたちはそこでしていていいよ。俺たちはそこの椅子でするから……お互いがほぐれてきたら、交換しようか……美穂子、そこに座って」

言うと、美穂子は一人掛けのソファの肘掛け椅子に腰をおろした。

二人の視線がこちらに向けられている。それを充分感じながら、命じた。

「美穂子、片足を肘掛けにかけなさい」

「……はい」

美穂子は二人を意識しているのか殊勝に答えて、左足を肘掛けにかけた。白いバスローブがはだけて、仄白い内腿があらわになり、黒々とした繊毛がのぞいた。

「いいぞ。もっと足を開いて……そう。そのまま、自分で自分を慰めてごらん」

「えっ……？」

美穂子が怪訝な顔して、敬志を見た。

「二人にお前のオナニーを見せてやってくれ」

美穂子は少し考えていたが、決心がついたのか、右手をおずおずと股間に伸ばした。左手で右手の動きを隠して、クリトリスを丸く撫ではじめた。

こうすれば羞恥心がなくなるとでもいうように、ぎゅっと目を閉じて、しばらくはそのまま突起を丸くさすっていたが、やがて快感が生じてきたのか、ぐぐっと顎を反らせて、

「あっ……ぁあああうぅぅ……」

抑え切れない喘ぎをこぼす。

部下の夫婦の前で快感の声を洩らしたことが恥ずかしいのだろう、いやいやをするように首を振った。

それでも、右手の動きは止まらず、むしろ速まって、クリトリスをまわし揉みしている。

敬志は後ろからバスローブの裾を完全にめくりあげてやって、耳元で囁く。

「二人が美穂子の恥ずかしいところを見ているぞ。自分で開いて、見せてやれ」

「いやです……」

「やりなさい」

命じると、美穂子は右手の人差し指と中指を陰唇に添えて、V字に開いた。

陰唇が左右にひろがって、赤い粘膜がぬっと姿を現し、

「ぁああ、いや……見ないで」

顔を大きくそむけた。

「もう片方の手があいているだろ？　指をなかに入れて、ピストンしなさい。早く！」

命じた。

美穂子はプライドの高い女だ。きっと、内心は煮えくり返っているだろう。だが、部下夫婦の前では、夫に反抗することはしない。そういう女だ。

美穂子は左手ではやりにくいと感じたのだろう、陰唇をひろげる手を左手に変えて、右手の中指で狭間を何度かなぞった。それから、中指を折り曲げた。指が一気に第二関節まで姿を消して、

「んっ……！」

美穂子が顔をのけぞらせた。それから、ゆっくりと抜き差しする。

ぐちゅ、ぐちゅと淫靡な音がして、

「ぁあああ、いやいや……見ないで」

美穂子が首を左右に振った。そのとき、

「はぁあああうぅぅ」

祥子の声がした。

見ると、ソファで祥子が片足を座面に乗せて、ひろがった恥肉を右手の指でなぞっていた。

バスローブははだけ、あらわになった翳りの底を撫でさする。

「美穂子さんは指を入れてるよ。祥子も」

祐哉が言って、祥子も右手の中指を恥肉に押し込んだ。

「あ、くっ……！」

小さく喘いで、祥子は顔をのけぞらせる。

それから、敬志が自分を見ているのを知って、いやいやをするように首を振った。

その今にも泣きださんばかりの切ない表情がたまらなかった。

二人の美女が鏡のように同じことをしている。

敬志は美穂子の前にしゃがんで、クンニをする。

しとどに濡れた恥肉を舐めあげ、クリトリスを転がす。それをつづけていると、

「ああああ、あああああ、気持ちいい……敬志さん、気持ちいいの」

美穂子がもっとして、とばかりに下腹部をせりあげる。

その頃には、敬志のイチモツはギンギンになり、敬志は立ちあがって、いきりたつものを口許（くちもと）に押しつけた。

すると、美穂子は嬉々として頬張ってくる。

それを見て、美穂子は変わったのだと感じた。今、ここには夫の部下夫婦がいる。しかし、美穂子はそれで性感を低下させることなく、むしろ、高まっている。

美穂子はソファに腰をおろしたまま上体を折り曲げ、いきりたちを口におさめ、ずりゅっ、ずりゅっと唇でしごく。

時々、かぶさった髪をかきあげて、ちらりと敬志を見あげてくる。

「気持ちいいぞ。美穂子は最高の女だ」

そう褒めると、美穂子ははにかんだ。それから、手指も動員して、屹立をしごきながら、顔を打ち振る。

後ろを振り返ると、祐哉も同じように祥子にフェラチオをさせていた。

準備はととのった。

そろそろ、寝室に行ってもいいだろう。

5

ダブルベッドのこちら側で、敬志は永田祥子の首すじにキスをして、乳房を揉みしだいている。

反対側では、祐哉が美穂子の乳首に吸いついていた。

美穂子は必死にこらえているようだったが、やがて、

「ぁあああうぅぅ……」

と、抑えきれない声を洩らした。

(ああ、感じている。美穂子が俺の部下に乳首を吸われて、感じている！)

そう思った途端に、敬志のイチモツはギンとそそりたった。

(俺はやっぱりネトラレなんだろうか？　しかし、たとえそうだったからと言って、非難されるようなことではない。それはひとつの性癖なんだから。わからない者にはわからない。わかる者にはわかる。それだけのことだ……)

しばらく、美穂子が乳房を揉まれ、乳首を舐められて高まっていく姿に見入った。

そうなると、自分も祥子を感じさせたくなる。

美穂子の喘ぎ声が徐々に大きくなるのを聞きながら、祥子の乳首に舌を走らせた。

祥子の胸は想像していたよりたわわで、お椀を伏せたような乳房が見事な形で盛りあがっている。

やはり、祐哉のクンニとフェラチオですでに昂っているのだろう。濃いピンクの乳首はぐんとせりだして、硬くしこっている。

そこを上下左右に舐めると、祥子は必死に喘ぎ声を押し殺していたが、やがて、こらえきれなくなったのか、

「んんんっ……んんんんっ……はうぅぅ！」

と、顎をせりあげる。

敬志は乳首に唇を接したまま、訊いた。

「感じているんだね？」

「はい……」

「亭主が他の女を抱いているのは、どんな気分？」

「……嫉妬します。苦しいです。でも、これはわたしも認めたことなので……だから、我慢します」

「じゃあ、我慢するためにも自分が感じればいい。そうしたら、一時的に忘れる。だ

から、集中して」

「はい……忘れさせてください」

「わかった」

敬志は乳首を舌で転がしながら、太腿を撫でた。

きめ細かい肌はすべすべで、触っていても手が気持ちいい。その手を内側にすべらせて、内腿をさすりあげると、

「はうぅ……！」

祥子は顔をのけぞらせて、悦びをあらわにする。

「感じやすいんだね？」

「そうですか」

「ああ……とても敏感だ」

「多分、朝倉さんに抱かれているからです」

「ありがとう。お世辞だとわかっていても、うれしいよ」

「お世辞じゃありませんよ」

「そうだといいんだが……」

敬志はちらりと隣を見た。

すると、仰臥した祐哉の足の間にしゃがんで、美穂子がいきりたつものを頬張っていた。

ゆっくりと顔を上下に振っては、ジュルルと唾音を立てている。

美穂子は普段はこんな唾音は立てない。ということは、こちらを意識してわざとやっているのだろう。

そして、その狙いどおりに、敬志は昂奮した。

敬志は内側にすべらせた手を花肉の雌蕊(めしべ)に持っていき、そこをなぞった。

ぬるっとした感触があって、指がぬかるみをなぞりあげていき、

「ぁあうぅぅ……！」

祥子が悩ましい声を放つ。

(よし、このまま……)

敬志は乳首を舐め転がしながら、下腹部に伸ばした指で沼地をまさぐった。中指をあてて、トントントンと叩くようにすると、ネチッ、ネチッと淫靡な音がして、

「ぁああ、いや……恥ずかしいわ。しないで……ぁああ、あうぅ、いやいや……」

祥子はいやいやと言いながらも、恥丘をせりあげて、せがんでくる。

中指が狭間の粘膜にめり込む。ちょっと中指を折り曲げると、先端がぬるぬるっと

膣口にすべり込んでいって、

「ぁあああ……！」

祥子がまるでペニスを挿入されたような声をあげて、大きくのけぞった。

敬志は乳首に唇を接したまま、言った。

「すごく濡れてる。指を簡単に呑み込んだぞ。祥子さんはやさしい顔をしているのに、本当はすごく貪欲なんだね」

祥子は言葉を返さずに、恥ずかしそうに目を伏せた。

敬志はさらに乳首を舐め、吸いながら、膣に押し込んだ中指で天井の粘膜を擦りあげる。タンタンタンとなかを叩き、かるく抜き差しをする。

すると、祥子はもうどうしていいのかわからないといった様子で喘ぎ、ついには、

「ぁああ、オ、オシッコがしたくなる。ダメです。本当にダメっ……はうぅぅぅ」

そう言って、腰を引こうとする。そのとき、

「ああ、もう無理です……課長、もう入れていいですか？」

祐哉が許可を求めてきた。

美穂子を見ると、こちらを向いて、こっくりとうなずいた。それを承諾と受け取って、敬志は言う。

「美穂子はＯＫだそうだ。いいぞ、入れて……その代わり、俺も祥子さんとする。それでいいのなら、していいぞ。どうするんだ?」

祐哉は少し考えてから、うなずいた。

それから、美穂子を仰向けに寝かせて、膝をすくいあげる。片足を離して、手で勃起を導いた。漆黒の翳りの底に、祐哉のギンと反り返る肉柱がゆっくりと姿を消していって、

「ぁああっ……!」

美穂子が顔をのけぞらせて、シーツを鷲づかみにするのが見えた。

「おおゥ、締まってくる!」

祐哉はそう呻き、しばらくじっとしていた。それから、徐々に動きはじめる。

美穂子の膝を曲げさせて、上からかるく押さえつけ、自分は上体を立てた姿勢で腰をつかう。

短いストロークをつづけざまに浴びせる感じだ。

「んっ……んっ……んっ……」

美穂子は右手の甲を口に添えて、喘ぎを押し殺していた。

だが、次第に祐哉の腰づかいが活発化してくると、上を向いている乳房がぶるん、

ぶるるんと波打って、

「あんっ、あんっ、あんっ……ぁあああ、突き刺さってくる。永田さんのオチンチンがお臍まで届いてる」

美穂子があからさまな声をあげる。

もちろん、実際に感じているのだろう。しかし、敬志を意識していることも確かだ。見せつけているのだ。

（よし、こっちもやり返してやろうじゃないか！）

敬志はとろとろの膣から指を抜き、祥子の膝をすくいあげた。

細長い翳りが張りついたその下に、女の花園がわずかなとば口をのぞかせて、艶やかにぬめ光っている。

亀頭部を押し当てて、慎重に腰を進める。

上付きらしく、最初は上手く入らなかった。女性それぞれに膣の位置も大きさも違うから、位置をしっかりと確かめなければいけない。

切っ先が沼地をとらえたので、そのまま押し進めていった。

すると、とても窮屈な入口がからみついてくる。さらに力を込めると、切っ先が肉路を押し広げていく確かな感触があって、

「はうぅぅ……！」

祥子が顎をせりあげた。

（ああ、やはり美穂子に似ている）

これで泣き黒子があったら、顔の角度によってはそっくりだ。これは昂奮の材料になる。

敬志は表情の変化に注意しながら、じっくりと攻める。

スローピッチで浅瀬を擦りあげると、

「ぁあ……いい。蕩けていく……ぁああ、焦らさないでください」

祥子がけなげな目で、求めてきた。

「祥子さんはどうされたいの？」

無言で祥子はぎゅっと唇を噛む。

「どうされたいんだ？」

再度訊くと、ためらいがちに言った。

「強くしてください」

「強く？」

「はい……奥まで、ぐっと……」

「奥まで貫かれたいんだね？」

「はい……奥が好き」

「そうか、奥が好きか……よし」

敬志は膝の裏をつかんで、ぐいと足を開かせて、押さえつける。

すると、腰がわずかに浮き、ペニスを打ちおろす角度と膣の位置がぴたりと合った。

そのまま打ち込むと、切っ先が深いところへ潜り込んでいく感触があって、

「ぁあああ、これ！　あうぅぅぅ」

祥子が顎を高々と持ちあげて、両手でシーツを掻きむしった。

「これがいいんだね？」

「はい、これがいいんです」

祥子が目を見て言う。おそらく、祥子も祐哉を意識している。嫉妬させたいと思って、こういうことを言うのだろう。

敬志もそれは同じだ。夫婦交換は、他の男女に抱かれている自分のパートナーを嫉妬させたいという気持ちがあって、いつもより表現がオーバーになり、それがまた相手の嫉妬をかきたてるのだ。

敬志は連続して深いところを突いた。ただ突くだけではなく、奥まで届かせてから、

ぐりぐりと子宮口を捏ねてやる。

すると、それがいいのか、祥子はがくん、がくんと震えだした。

敬志はいったん肉棹を引き、また打ち据える。上から打ちおろし、途中からしゃくりあげる。

切っ先がGスポットを擦りあげながら、深いところに潜り込んでいき、行き止まった箇所をまた捏ねてやる。

「もう、もうダメっ……」

「何がダメなんだ？　あんまり気持ち良すぎて、へんになりそうか？」

「はい……おかしくなります」

「いいんだぞ。おかしくなって……祐哉に見せつけてやれ。夫婦交換を許した敬志に失敗したと思わせてやれ」

「……ください。思い切りください……祥子を犯して！」

「よし、祥子をメチャクチャにしてやる」

敬志は両膝をつかむ指に力を込めて、さらに体重をかける。

こうすると、いっそう尻があがって、膣とペニスの角度がぴたりと合う。

その姿勢でズーンと奥まで届かせて、子宮口を亀頭部で擦る。奥を突いておいて、密着させて捏ねる。そうされると、女性はいっそう感じるらしい。

「ぁあああ、もうダメっ……もう、ダメっ……ぁあああ、あああああ」

祥子の全身がぶるぶる小刻みに震えはじめた。

そこで、敬志は片足を放し、向かって左側の足を左手でつかみながら、右手を前に伸ばして、乳房をとらえた。

むんずとつかみ、荒々しく揉みしだく。

「ぁああ、あああああぅぅ……」

少しつらいのか、祥子が眉根を寄せた。

それでも、本心からいやがっているのではないことは、わかる。

敬志はじっくりとその行為を繰り返した。そのとき、

「あんっ、あん、あんっ……」

美穂子の弾むような喘ぎ声が聞こえてきた。

見ると、すぐ隣で、四つん這いになった美穂子が後ろから突かれていた。

祐哉はもう周囲も見えなくなっているという様子で、目をギラつかせて、美穂子を後ろから突き刺している。

（おおぅ、美穂子……！　そんなに感じやがって！）

怒りにも似た嫉妬が湧きあがってきて、敬志はそれをぶつけるように祥子を貫く。力強く打ち据えると、

「ぁあああ、すごい……朝倉さん、すごい！　太くて長いの……朝倉さんのオチンチン、気持ちいい……ぁあああ、あんっ、あんっ、あんっ……」

祥子が負けずに喘ぐ。

女同士が張り合っているような気配が伝わってきて、敬志も昂奮する。

（そうか。ここは二人を同じ形で……）

敬志はいったん結合を外すと、祥子をベッドに這わせる。

美穂子がヘッドボードのほうを向いているので、祥子も同じほうを向かせて、四つん這いの体勢を取らせる。

「いやっ、これ、いやです……」

「どうして？」

「どうしても……」

「美穂子と同じだから？　気にするな。自分が感じればいいんだから」

そう言って、敬志は真後ろにつく。

ヒップは美穂子のほうが熟れていて、祥子はまだまだ若い。それでも、ウエストが

締まっているためか、ハート形のヒップの曲線をエロチックに感じる。

尻たぶの底で、女の割れ目がいやらしく内部をのぞかせて、花開こうとしている。

敬志はあてがって、一気に貫いた。怒張が狭い肉路をこじ開けていき、

「はうぅぅ……！」

祥子ががくんと顔をのけぞらせる。

そのとき、隣で、

「ぁああんっ……！」

美穂子の嬌声が聞こえて、敬志はそちらを振り向く。

バックから思い切り突かれて、美穂子がのけぞったところだった。両手と両膝を突いて、背中をしならせている。

格好よく盛りあがった乳房が揺れて、横から見ると、その女豹のポーズをいっそういやらしく感じてしまう。

こちらの視線を感じたのだろう、祐哉が張り切って腰を打ち据えた。パチン、パチンと派手な音がして、

「あんっ……あんっ……ぁああんん……ぁあああ、すごい……」

美穂子が喘ぎ、祐哉はますます激しく突き立てる。

「あん、あん、あんっ……！」

美穂子が切羽詰まった声をあげた。

いつの間にか、美穂子は両肘を突いて、姿勢を低くしていた。それでも、尻だけは高く持ちあげていて、そのしなやかで野性的な女豹のポーズがたまらなくセクシーだった。

(くそっ、祐哉相手にあんなに感じやがって……どんなに淫らな身体をしているんだ。美穂子は感受性が強いから、いやな相手でも急所を突かれたら、感じてしまうんじゃないか？　なんてエロいんだ。淫蕩な肉体が精神を凌駕してしまうに違いない)

　そう思うと、なぜか分身がますます硬くなった。

(俺も祥子さんを……！)

　敬志はこれまで以上に強く、打ち据える。

　細腰を両手でつかみ寄せて、ぐいぐいとえぐりたてる。とても熱く滾った粘膜を硬直が押し広げながら擦り、奥まで届く。

「あんっ、あんっ、あんっ……ぁああああ、許して……もう、もうダメっ……」

「ダメだ。許さない。まだこれからじゃないか……そうだ。いいことを思いついたぞ。祐哉、美穂子をこちらに向かせてくれ」

「……こうですか？」

美穂子が這ったままこちらを向いた。

「祥子さんも同じようにして、向き合って」

「……向き合うんですか？」

「そうだ。恥ずかしいか？」

「はい、恥ずかしいです」

「恥ずかしがらせたいんだ。いいから、しなさい」

命じて、敬志は後ろからつながったまま祥子の向きを変える。

美穂子と祥子は後ろから嵌められたまま、顔を突き合わせる形になって、二人とも顔をそむける。

「祐哉、一緒に突こう。いいから、やれ」

「はい……」

祐哉が細腰をつかみ寄せて、バックで腰を叩きつける。

「んっ、んっ、んっ……ぁああ、いやいや……やめて……やめ……ぁああ、あんっ、あんっ、あんっ」

美穂子がこらえきれないという喘ぎをこぼし、伏せていた顔をあげる。

それを見て、敬志もますます昂奮する。

祥子の腰を引き寄せて、徐々に深いところに打ち込んでいく。浅瀬を数回擦っておいて、ズンッと奥まで届かせる。それを繰り返すと、

「あん、あん、あん……ぁあああ、ダメっ……」

「ダメじゃないだろ？　本当は気持ちいいんだろ？」

「はい……気持ちいい。朝倉さんのオチンポ気持ちいい……ぁあうぅ」

と、祥子が顔を持ちあげる。

二人の顔が接近したのを見て、悪魔のようなアイデアが浮かんだ。

(いくら何でも、邪悪すぎるだろう？　いや、しかし、やるなら今しかない。今やらないと、永久にできない)

思い切って、切り出してみた。

「美穂子、しょ、祥子さんとキスしてくれないか？」

美穂子の顔を見た。

「……無理だと思うわ。わたしはいいけど、祥子さんがおいやだと思う。そうよね、祥子さん？」

美穂子が前を見た。

「……わたしはかまいません」

「そうなのか？」

敬志はびっくりして祥子を見た。

「はい……美穂子さんはわたしにとって理想の方ですし、目標にしている方です。だから、わたしはかまいません。美穂子さんが本当に良ければの話ですが……」

「美穂子もいいんだろ？」

「……祥子さんがそうおっしゃるなら」

美穂子が答えた。

「じゃあ、頼むよ。見せてほしい」

そう言うと、美穂子が顔を寄せていった。目を瞬かせながらも、祥子のほうを見て、唇を合わせにいく。

それを受けて、祥子が目を瞑って、唇を差し出した。

二人の唇が重なって、美穂子はちゅっ、ちゅっとついばむようなバードキスをした。

それから、赤く長い舌を伸ばして、祥子の唇をなぞる。

すぐに祥子も舌を出して、二人の舌がからみあう。

敬志も祐哉も見入ってしまって、動けない。じっとして、二人を見守っている。

二人のキスは徐々に激しいものになり、ついには唇を合わせて、なかで舌をからめあう。美しい女が二人、レズビアンのごとく情熱的なキスをしている。

しかも、二人とも男に後ろから嵌められているのだ。

見とれていると、祥子の膣がびくびくっと締まって、分身を包み込んできた。それが敬志をかきたてた。

細いウエストをつかみ寄せて、ゆっくりとストロークを再開する。勃起しきったイチモツが祥子の体内をうがっていき、

「んっ……んんんっ……んんんんんん」

祥子はキスしながら甘く鼻を鳴らし、自分から積極的にキスをする。

それを見ていた祐哉も腰を叩きつけて、

「んんっ……んんんっ……」

と、美穂子はキスをしたまま、くぐもった声を洩らす。

二人の美女が濃厚なキスを交わしながら、後ろから男に貫かれている。突かれるときの衝撃で乳房を揺らしながらも、キスをやめようとしない。

こうなると、二人を絶頂へと導きたくなる。

「祐哉、女性陣にイッてもらおうじゃないか」

「はい！」

祐哉がいっそう激しく腰を叩きつけ、敬志も同じように強く突いた。

二人の肢体が衝撃で前後に動き、乳房も揺れる。

つづけていくと、とうとうキスどころではなくなったのだろう。

二人は顔を離して、

「あんっ、あんっ、あんっ……」

と、喘ぎを響かせる。

敬志は祥子に右手を後ろに突き出させて、前腕をつかむ。そうやって、後ろにのけぞらせておいて、徐々にピッチをあげていく。

「あんっ、あんっ、ぁあんん……ぁあああ、イキそう。イキそう……」

祥子がかすれた声を出して、がくがくと震える。

それに触発されたのか、祐哉が同じように美穂子の右腕をつかんで後ろに引っ張りながら、いっそう強く打ち据える。それにつれて、美穂子の気配が変わった。

「あんっ、あんっ……ぁあああ、イクわ。わたしもイキそう……祐哉さん、わたしをイカせて。あなたの熱いミルクが欲しい。ちょうだい。ちょうだい」

「おおぅ、美穂子さん……俺も！」

祐哉がスパートした。美穂子の腕を引っ張りながら、パチン、パチンと乾いた音が立つほどに打ち据えて、

「ぁあああ、すごい……イクわ。あなた、わたしイクわよ。いいのね？」

美穂子が訊いてきた。

「いいぞ。イカせてもらえ」

「はい……ぁああ、すごい、すごい……あんっ、あんっ、あんっ……ぁあああ、イクわ。イキます。イク、イク、イッちゃう……！　いやぁあああぁぁぁ……くっ！」

隣室に聞こえるのではないかと思うような嬌声を噴きあげて、美穂子がのけぞり返った。それから、がくん、がくんと躍りあがりながら、ドッとこちらに向けて、倒れ込んできた。

（イキやがった……俺の前で、部下にやられて、イキやがった……おおぅ、俺も……！）

敬志も高みへと駆けあがっていく。

「イケ。祥子さん、イクんだ！　祐哉の見ている前でイクんだ」

「ぁあああ、イキそう……イキます……祐哉、イッていい？」

「いいぞ。イッていいんだぞ。イクんだ」

「はい……ぁあああ、オシッコがしたくなる。熱いの、あそこが熱いの……あん、あんっ、あんっ……ぁあああ、イキます！」

祥子が大きくのけぞった。

膣の収縮を感じて、敬志も駄目押しの一撃を叩き込む。放ちそうになって、とっさに抜いた。

抜いたはなから、白濁液が飛んで、祥子の背中にかかる。

手を慎重に放してやると、祥子は痙攣しながら、ゆっくりと前に突っ伏していった。

6

二人が自分の社宅に戻り、敬志と美穂子はシャワーを浴びて、ベッドに横たわっている。

敬志は美穂子を腕枕しながら、礼を言った。

「ありがとうな、助かったよ。美穂子はきっちりと役目を果たしてくれた。これで、祐哉は俺の右腕として働いてくれる。それに、俺もひさしぶりに昂奮した。美穂子が感じすぎるから……」

敬志は上体を起こし、仰臥した美穂子の唇にキスをする。それから、訊いた。

「祐哉相手に、本当に感じたのか？」

「ええ……感じたわ」

「そうか……」

「敬志さんはわたしに感じてほしいんでしょ？　他の男にされて、わたしが本気で喘ぐところを見たいんでしょ？」

「ああ、そうだ」

「わたしはあなたのためにしているの。感じるようにしているの」

「……俺は今、嫉妬に狂っている。一時的にせよ、美穂子を祐哉に奪われたと感じている。だから、それを奪い返そうとして躍起になるんだ。俺の本能が疼くんだ。だから、今夜は特別なものを用意した」

「……何？」

「それは、そのときにわかる」

「何か、怖いわ」

「大丈夫。気持ちいいことだから」

敬志は両手を頭上に押さえつけて、キスをする。

ちゅっ、ちゅっと唇にキスして、おろしていく。

押さえつけていた手を放しても、美穂子はそのまま頭上に手をあげつづけ、右手で左の手首を握っている。

美穂子は美人で頭もいいが、本質的にはマゾなのだと思う。だから、敬志の我が儘を許してくれる。理不尽なことも聞いてくれる。

自分にはできすぎた女だ。美穂子にはどれだけ感謝しても、しきれない。

直線的な上の斜面を下側の充実したふくらみが押しあげている。この美しく、煽情的な形はつきあって以来、変わっていない。

しっとりと汗ばんできた乳肌を揉みしだき、濃いピンクの乳首にキスをして、最後に吸うと、

「あっ……あっ……ぁあああ、吸わないで！　はうぅぅ」

美穂子は顔をのけぞらせる。

敬志は乳首を舌で上下左右に転がしながら、右手をおろしていく。

やわやわとした翳りの途切れるところに指を当てると、そこはすでに潤んでいて、じっとりと指腹に吸いついてくる。

「ああああ、あああ……欲しくなった。ちょうだい、あなたのオチンチンが欲しい」

美穂子が訴えてくる。

「じゃあ、その前にしゃぶってくれないか？」

そう言って、敬志はごろんと仰向けに寝る。

すると、足の間にしゃがんだ美穂子が、屹立を舐めてくる。すでにいきりたっている肉のトーテムポールにツーッ、ツーッと舌を這わせる。舐めあげながら、ウエーブヘアをかきあげて、艶かしく敬志を見あげてくる。

その泣き黒子のある優雅な顔が、今は性欲の火照りで仄かに染まり、目が潤んでいる。

それから、美穂子は上から唇をかぶせてきた。

一気に根元まで頬張って、ぐふっ、ぐふっと噎せた。それでも吐き出すことはせずに、なかでねっとりと舌をからませてくる。

舌で強く擦られて、分身がますますギンとなる。

すると、美穂子は根元を握って、しごき、それと同じリズムで唇を往復させる。

ぐっと快感が高まり、敬志は挿入したくなった。

だが、その前にアレを試したい。

「美穂子、シックスナインをしたいんだ。お尻をこっちに向けてくれないか？」

「恥ずかしいわ。見ないでね」

美穂子がゆっくりまわって、背中をこちらに向けて、仰臥した敬志をまたいだ。それから、身体を沈めて這う。

この体勢が欲しかった。

美穂子の指が勃起を握るのを感じて、敬志はサイドテーブルに手を伸ばし、あらかじめ用意しておいたポーチをつかんで、引き寄せた。

そこには、ローションと指サックとコンドームが入っている。

先日、千夏を二人がかりで攻めたときに、拓海はアナルセックスをした。

あれを美穂子にも試してみたかった。

普通なら、たやすくアナルセックスはできないだろう。しかし、美穂子のアヌスは健康そのもので、皺の凝集も美しい。それに、美穂子はアヌスを洗うときに、自分の指を入れるのだと聞いていた。

(それなら、イケるのではないか?)

敬志は指サックを右手の中指にかぶせて、ローションを尻たぶの割れ目の上の方に垂らす。

「えっ?　何?」

分身を頬張っていた美穂子が、びっくりしたように吐き出して、言った。

「美穂子のアヌスを調教したいんだ。今日はまず指を入れてみようと思う」

「無理です。そんなの無理よ」

「でも、きみはお尻を洗うときに指を入れて洗っていると聞いた。そうなんだろ？」

「そうよ。石鹸でぬめらせてから、指を入れてきれいにするの。でも、あなたの指はわたしより太いし、長いわ」

「だから、ローションを使うんだ。俺の指には、きみの大切なところを傷つけないように指サックをつけてある。指サックにもローションを塗るし、きみのアヌスにもたっぷりとつける。だから、決して傷つけることはない。頼むよ」

「……でも……」

「俺は美穂子の身体の至るところを開発したいんだ。ここを使えるようになれば、バリエーションが増える」

「……わかったわ。でも、痛かったら、やめてね」

「ああ、わかった。マッサージするぞ」

透明なローションをアヌスの中心にも塗り込めると、きれいな小菊がひくひくっと窄(すぼ)まったり、ひろがったりする。

「大丈夫か？」

「はい……くすぐったいわ」

「じゃあ、大丈夫だ」

幾重もの皺の集まっているそこを、円を描くようにマッサージする。しばらくつづけていると、

「ぁああ、ああああうぅぅ」

美穂子の洩らす声が変わった。

感じはじめているのだ。美穂子のようにマゾっけのある女性は、肛門周辺でも感じるのではないか？　美穂子のように、アヌスを洗うときに、指を挿入するようなタイプはここも性感帯になりやすいはずだ。

透明なローションが徐々に白濁してきて、周囲のぬめりがひろくなる。

ひくっ、ひくっと窄まりが物欲しそうにうごめいているのを確認して、そろそろいいのではないかと思った。

尻の割れ目に沿って、指サックをかぶせた人差し指を縦にして、じっくりと力を込めた。

「ああ、ちょっと……ダメっ……ぁああ、フーッ、フーッ」

力んではいけないと感じたのだろう、美穂子は息みそうになるのを必死にこらえて、深呼吸をする。すると、アヌスの中心から力が抜けて、人差し指の先が少し嵌まり込んだ。

茶褐色のアヌスの中心にわずかに粘膜がのぞき、そこだけが濃いピンクにぬめ光っている。力を込めると、確かな感触があって、

「ぁあああ……入ってきたわ」

「ああ、わかるよ。第一関節くらいまで入ったぞ……すごいな。ひくひくしている。指が吸い込まれそうだ……入れていいか？」

「ええ、ゆっくりと……」

「痛くないか？」

「ええ、平気よ」

「行くぞ」

強く押すと、指がぬるぬるっと嵌まり込む感触があって、

「はぁあああ……」

美穂子ががくんと頭を撥ねあげた。

「すごい……すっぽり入った」

指サックを嵌めた人差し指がほぼ根元まで埋まっている。

入口はとても窮屈だ。おそらく肛門括約筋がぎゅうと締めつけているのだ。

ゆっくりと抜き差ししてみた。

たっぷりのローションが潤滑油の役割を果たして、意外とスムーズに動く。それでも、美穂子はつらいのだろう、

「ぁああ、いやいや……」

頭を振った。

「じゃあ、抜こうか？」

「……抜かなくていい」

「……いいんだな？」

「はい……」

敬志は人差し指をアヌスに埋め込みながら、目の前で花開いている恥肉を舐める。

ぬるっと舌でなぞりあげると、

「あああ……！」

美穂子が嬌声をあげる。

「気持ちいいか？」

「はい……すごく」

「じゃあ、これではどうかな？」

今は下のほうにある突起を舌でなぞりあげ、ちろちろっと横に揺らす。それから、頬張った。チューッと吸い込むと、

「ぁあああ……くぅぅぅ」

美穂子はさしせまった声をあげた。

敬志は肉芽を断続的に吸いながら、人差し指をかるくピストンさせる。

肛門括約筋がぎゅうと締めつけてくる。だが、奥まで指を入れると、そこには熱く滾った粘膜のようなものがあり、指先に粘りついてくる。

「美穂子、大丈夫か？」

「はい……つらいけど、気持ちいいわ」

「これではどうだ？」

敬志は親指を膣に潜り込ませた。

手をコの字にして、人差し指でアヌスを、親指で膣をうがつ。そうしながら、クリトリスを舐め転がし、吸う。

三カ所攻めである。

ぐちゅぐちゅと淫靡な音とともに蜜があふれ、アヌスからも濁ったローションが滲んでいる。

「ぁあああ、初めて……こんなの初めてよ」

美穂子がさしせまった様子で言う。

「気持ちいいんだな？」

「はい……すごく」

「できたら、しゃぶってほしい」

言うと、美穂子が下腹部のいきりたちに唇をかぶせて、ゆったりとすべらせはじめた。そのピッチがあがり、

「んっ、んっ、んっ……」

美穂子は湧きあがる快感をぶつけるようにして、勢いよく肉棹を唇でしごいてくる。

そうなると、敬志も挿入したくなる。

だが、まだアヌスに勃起を入れるのは、早すぎるような気がする。

敬志はいったん指を抜いて、このままバックの騎乗位をするように指示をする。

美穂子も高まっているのか、そのまま移動していって、背中を見せたまま、いきりたちを導いて、沈み込んできた。

勃起が体内にすべり込み、

「ぁあうぅぅ……！」

美穂子が顔をのけぞらせた。

「できたらでいい。足を舐めてくれないか？」

願いを告げると、美穂子は素直に前に屈み、柔らかな乳房を擦りつけるようにして、向こう脛を舐める。

「ああ、気持ちいいぞ。ぞくぞくする」

言うと、美穂子はさらに気持ちを込めて向こう脛を舐め、乳房を擦りつけてくる。

敬志はその献身的な愛撫にひどく昂奮した。同時に、目の前の光景にそそられる。

美穂子は前に屈んでいるので、敬志の肉柱が膣口をO字にひろげて、ほぼ根元まで埋まっているところが見える。その上方では、尻たぶの割れ目にセピア色の可憐なアヌスがひくひくと息づいているのだ。

（そうか、これで指を挿入したら……）

敬志はもう一度ローションを指サックに包まれた人差し指に塗り込め、前に伸ばした。

小菊のような可憐な窄まりに、指先でローションをなすりつける。

「ぁああ、怖いわ」

「大丈夫だよ」

土屋千夏は前と後ろの孔に、勃起したペニスを受け入れたのだ。勃起と指一本なら楽に入るはずだ。

人差し指を縦にして、窄まりをマッサージした。周囲をなぞるだけで、

「ぁあぁ、これ、気持ちいい……」

美穂子は心から感じているという声をあげる。

(よし、これなら……)

敬志が指を前に進めると、アヌスの中心がひろがって、人差し指を呑み込んでいく。そのままさらに力を込めると、ぬるぬるっと嵌まり込んでいって、

「あぁああ、すごい……！」

美穂子が感極まったような声をあげる。

敬志がゆっくりと抜き差しすると、肛門括約筋がからみついてきて、その抵抗が敬志をかきたてる。

「あぁああ、キツい。キツいのに気持ちいい……」

美穂子が自分から腰を振りはじめた。

敬志の人差し指をアヌスで包み込みながら、膣粘膜をぎゅっと締めて、肉柱をしごいてくる。

同時に、敬志の脛を舐め、乳房を擦りつけてくる。

(すごい。やっぱり、美穂子がいちばんだ。最高の女だ)

敬志は人差し指を動かして、肛門の入口をひろげるようにする。ぐるぐるとまわすと、入口も開いて、内部のピンクの粘膜がのぞく。かなり大きく動かしているのに、

「ぁああ、あああぁ、気持ちいい……」

美穂子が心底感じているという声をあげた。

(イケるんじゃないか……!)

敬志は今、指を呑み込んでいる孔にペニスを打ち込みたくなった。

7

アヌスから指を、膣から勃起を抜いて、敬志は四つん這いになった美穂子の真後ろに両膝を立てた。

力を漲(みなぎ)らせたイチモツにコンドームをかぶせ、表面にローションを塗った。それか

ら、もう一度、アヌスにも塗り込める。

「どうするの？」

美穂子が不安げに訊いてきた。

「オチンチンを入れようと思う。後でと思っていたけど、できそうな気がしてきた」

「……無理だと思う」

「いや、大丈夫だと思う。きみのアヌスはもう充分にほぐれている。息まずに、リラックスしていれば、入るよ」

「怖いの、すごく……」

「じゃあ、俺があてがうから、きみが自分でお尻を突き出して、入れてくれるか？それだったら、調節できるだろう」

「……そんなに、したいの？」

「ああ、したい。残念ながら、俺は美穂子のバージンをいただくことはできなかった。だから、せめてアナルバージンを奪いたい。開発させてくれ」

「……わかったわ。でも、痛かったらやめるわよ」

「ああ、それでいい」

美穂子がベッドに這って、尻を突き出してくる。

敬志はコンドームに包まれた勃起をそっとあてがった。はっきりと見えないので、勘である。

押すと、場所が違うのか、まったく手応えがない。

美穂子が右手を後ろに伸ばして、勃起の角度を調節した。

「ここよ……ぁああ、そのままにしていて……わたしが入れるから」

そう言って、美穂子が尻を後ろに突き出してくる。亀頭部をあてがって、フーッ、フーッと深呼吸する。

それから、全身を後ろに移動させるようにして、アヌスを押しつけてきた。そのとき、切っ先がわずかに潜り込むような気配があって、

「ぁああ、来た……少しずつ力を入れてみて」

「こうか？」

敬志は腰を前に突き出す。

「ダメっ……もっと、ゆっくりと、じっくりとして……焦らないで。いいわ。やっぱり、わたしがするから」

「わかった」

敬志は腰を突き出したまま、待った。

フーッ、フーッと美穂子は深呼吸を繰り返して、ゆっくりと腰を突き出してくる。

何度かのトライの後で、切っ先が強い抵抗感を押し退けるような確かな感触があって、

「ぁあああ、入ってる……くぅぅぅ」

美穂子がつらそうに顔を撥ねあげた。

敬志が下を見ると、確かに、コンドームを張りつかせた肉柱が随分と上のほうに嵌まり込んでいる。

やはり、オマンコとアヌスに入れたときは、明らかに見た目が違う。想像以上に上に嵌まっている。

静かにストロークさせてみた。

すると、肉柱が出てきて、そのハメシロが敬志を昂らせる。

(俺は、美穂子のケツの孔にペニスをぶち込んでいるんだ……!)

自分は人がやらないことをしているのだ。そう思うと、ひどく昂奮してしまう。

「大丈夫か?」

心配になって、訊いた。

「はい……大丈夫。つらいけど、気持ちいいの……圧迫感がすごいのよ。衝撃を受け

止めるだけで精一杯……少しずつ引いていって、少しずつ入れてみて」

敬志は言われたように、ゆっくりと引いていく。すると、埋まっていた部分が出てきて、自分はこんなに深くケツの孔に挿入していたことがわかり、ひどく昂奮してしまう。

そして、ゆっくりと引いていくと、それが気持ちいいのか、

「ぁああ、お腹が落ちていく……ぁあああ」

美穂子が切なげな声を洩らす。

「そうか……お腹が落ちていくか……」

「はい……はい……ぁあああ、気持ちいい」

「今度は、押し込むぞ」

外れる寸前まで引いていって、そこから、じっくりと押し込んでいく。

屹立がズズッと嵌まり込んでいき、

「はうぅぅ……！」

美穂子が凄艶な声を洩らす。

「こっちもいいんだな？」

「はい……突き刺さってくる。熱いのよ、なかが熱い……」

「すごいよ、美穂子。俺も気持ちいい……締まってくるんだ。ものすごく締めつけてくる」

「ぁあああ、熱い……お腹が燃えてる」

「いいのか、ズンズン突いていいのか？」

「ええ……大丈夫よ。出していいのよ。わたしのお尻でイッてください」

「ようし、わかった。出すぞ。美穂子、お前は最高の女だ」

敬志は細腰をつかみ寄せて、抜き差しを大きくする。

入口のほうの締めつけがとくに強烈で、そこで肉棹を圧迫されて、快感がうねりあがってくる。

しかも、アヌスの奥のほうは火山のマグマのように煮えたっている。

「お前はイケないだろ？　それでいいのか？」

「はい……あなたがイッてくれればいいの……それに、わたしも気持ちいいのよ。お尻が蕩ける……ぁあああ、ちょうだい。お尻にあなたのものを」

「そうら、くれてやる」

敬志は素早いストロークを繰り返す。

「あん、あんっ、あんっ……ぁああ、すごい……熱いの。お腹が落ちる……ぁああああ、ああああああ、ちょうだい！」

美穂子が訴え、連続してアヌスをうがったとき、熱い男液が輸精管を駆けあがってきた。

「おおぅ、行くぞ。出すぞ」

「ああ、ちょうだい！」

敬志が抜き差ししたとき、肛門括約筋がからみついてきて、一気にそれがやってきた。

「おおぅぅ……！」

吼えながら放っていた。

「ぁあああ……来てるぅ」

美穂子は射精していることがわかるのだろう、ぎゅ、ぎゅっとアヌスを締めて、それを歓迎してくれている。

放ちながら、敬志は脳天が繋れるような快感にひたっていた。おそらく、括約筋が締めつけてくるので、輸精管が狭くなって、快感が増すのだろう。

すべてを打ち尽くして、敬志はがっくりと美穂子に覆いかぶさっていった。

第四章　果てなき淫戯

1

ビジネスで、敬志は窮地に陥っていた。

敬志がリーダーをしているプロジェクトは、東京郊外にある街の開発にともなってマンションとその関連施設を建てることだった。

じつは、ディベロッパーとして知られるW地所がその街を住宅地として開発する予定を立て、実際に動いているのだが、そのW主導で建設業者としてS建設が指名されたのだ。

現在は設計図と見積もりのすり合わせをしているのだが、どうも上手く進んでいない。

Wの鍵を握るのは、常務取締役の壺井孝行（つぼいたかゆき）で、圧倒的な発言権と影響力を持っている。敬志が交渉している部長との間で了承を得られたとしても、結局は壺井の鶴の一言で白紙に戻されてしまう。

しかも、本人は決して交渉の場に出ようとしないので、質が悪い。

だが、あくまでも向こうが発注して、こちらが受注しているのだから、立場的にはWが上である。これが大手のゼネコンであれば、ディベロッパーとも立場は対等に近づき、共同作業になる。しかし、うちの規模の会社になると、そうはいかない。

それでも、どうにかする必要があった。

その件を柳田部長に相談することにした。うちがWの主導で仕事をするのは初めてではなく、どうやら、これまでの壺井のご機嫌は柳田が取ってきたらしいのだ。

会社の帰りにバーで柳田に事情を打ち明けた。

すると、思ってもみなかった言葉が返ってきた。

「悪いな。壺井常務がそういう態度を取るのは、多分、俺のせいだ」

「えっ……どういうことですか？」

「じつは、以前は俺と紗貴が相手をして、ご機嫌を取っていたんだ」

「それは、どういう……？　二人でというと、まさかアレじゃないでしょうね？」

「……その、アレだよ。壺井常務は今、六十八歳で奥さんも子供も孫もいるんだが、もうひとり厄介な人がいてね。つまり、愛人だ……その愛人を入れて、他のカップルとスワッピングするのが壺井の趣味なんだ。こちらもそれにつきあって、機嫌を取ってきた。しかし、今回は紗貴がそれを拒んだんだ。紗貴はもう壺井とするのは絶対にいやだと言って聞かない。なぜなら、壺井はSなんだよ。Sが悪いわけじゃない。俺もSだし、紗貴もどちらかというと、Mだ。だけど、壺井常務は時々、度を越すことがあってね。それが紗貴のトラウマになってしまった。それで、今回はお断りしている。多分、壺井はそれで臍を曲げている。そういうことだ」

「知りませんでした」

「いや、悪いな。俺のせいだよ」

「いえいえ……」

しばらく無言で呑んだ。

理由がわかっただけでも、ある意味大きな進歩だった。

柳田の話を聞いたときから、心の底に浮かんでいた考えが徐々に大きくなって、それをぶつけてみた。

「たとえばですよ。たとえば、俺と美穂子が、その壺井と愛人とスワッピングをするというのは、どうでしょうか？」

「……もちろん、ありだと思うぞ。俺のほうで紹介してやってもいい。だけど、美穂子さんは相当覚悟してかからないと……あの素敵な女性を泣かせるのだけはやめろ。美穂子さんと相談して、覚悟の上で挑むのなら、俺が二人を紹介する。俺がお前をプロジェクトリーダーとして推薦したんだから、成功してくれないと困るしな」

光明が見えてきた。

「スワッピングをしたら、壺井さんは態度を変えてくれるでしょうか？」

「多分な。彼が俺たちにスワッピングを拒否されているから、臍を曲げているとするなら、きみたちとのあれが上手くいったら、一気に対応が変わるはずだ。俺のときがそうだったからな」

「わかりました。考えてみます」

「ああ……悪いな」

「いいんですよ」

「美穂子さんには無理させるなよ。人生の伴侶とビジネスのどっちかを選ばないといけないときには、人生の伴侶のほうを選べ。夫婦生活をメチャクチャにしてまで、仕事に成功したとしても、虚しいだけだ。それだけは肝に銘じておくんだ」

柳田の言葉に、敬志はうなずいた。

数日、じっくりと考えた。結論は、やるしかない、だった。

三日後の夜、敬志は美穂子におずおずと切り出してみた。

「今回任されたプロジェクトが、上手く進んでいないのは、美穂子もわかっていると思うんだが……」

「そうね。あなたの態度でだいたい察しはついていたわ。それに、あっちのほうも最近は勃ちが悪いもの。そのプレッシャーのせいなんでしょ？」

「ああ、そのとおりだ。じつは柳田部長が今、俺が相手にしているディベロッパーの責任者と過去に仕事をやっていてね。相手は壺井常務と言うんだが……これまでは、柳田夫妻が壺井とその愛人とスワッピングをして、ご機嫌を取っていたらしい。ところが今回、紗貴さんが首を縦に振らなくて、スワッピングが成立しないらしいんだ。それで、壺井が臍を曲げていて、そのツケがこちらにまわってきている。柳田部長は自分たちはできないけれど、他のカップルが彼らの相手をすれば、機嫌は直るだろうと言うんだ。それでだな、頼む、美穂子……俺を助けると思って、スワッピングしてくれないか？　俺はリーダーだし、その美人奥さんが参加してくれたら、向こうだって絶対に協力してくれる。以降の仕事が上手くいく。頼むよ。このとおりだ！」

敬志はベッドの上で額を擦りつけた。

「言っていることはわかったわ。でも、ひとつ疑問があるの。紗貴さんはどうして首を縦に振らなかったのかしら？　事情を知っているんでしょ？　教えて。ただし、ウソは絶対につかないで」

パジャマ姿の美穂子が訊いてきた。さすがに勘がいい。ここは誤魔化さないで、はっきり言ったほうがいいだろう。

「じつは、その壺井常務がSで、時々、やり過ぎるらしいんだ。それを嫌って、紗貴さんが……」

「あなたは、そんな暴力を振るいかねない男に、わたしをゆだねるわけ？」

「もちろん、そこは俺が常に監視して、そういうバカな真似はさせない」

「わからないじゃない。たとえば、違う部屋でプレイすることだってあるでしょ？　そんなとき、あなたはわたしを護(まも)れるの？」

「別室ではさせない」

「でも、相手はディベロッパーの常務で、あなたより立場が上なんでしょ？　強く出られるかしら？」

「そのときは、きちんとする。それに、そこは柳田部長に言われている。いざとなったら、仕事より伴侶を選べと。俺もそのつもりだ。頼む、これには俺の将来がかかっているんだ。もし失敗したら、俺は干される。俺を推薦した柳田部長も責任を取ることになる。だから、頼むよ。このとおりだ！」

敬志はもう一度、額をシーツに擦りつけた。数秒後に、美穂子が決断をしてくれた。

「……わかったわ。受けましょう。ただし、その壺井常務がもし暴力じみた真似をしたら、わたしは即、やめます。それでよろしければ？」

「ありがとう。きみは俺の救世主だ。きみしかいない。ありがとう」

「いいのよ。で、その壺井常務は何歳なの？」

「それが、六十八歳らしい」

「その歳で、そんなにお元気なの？」

「ああ……」

「すごいわね。それで、その愛人さんは？」

美穂子は興味津々という様子で訊いてくる。やはり、やるとなったら、それを完璧にこなしたいタイプなのだ。

「俺が部長から聞いたところでは、三田佳奈子と言って、二十九歳で、高級クラブのホステスをしているらしい。店でナンバーワンだそうだ」

「そうなんだ。じゃあ、本当に常務を好きなわけじゃないのね。多分、お金よ。ナンバーワンを維持するには、太い客が必要だから」

「だけど、肉体関係があるんだから、愛人と呼んでいいんだろうな。それに、スワッピンクに参加しているんだからね」

「……お金のために、いやいやしているのか。それとも、スワッピングという行為自体が好きなのか？　それはわからないわね」

「ああ……」

「ダメよ。夢中になって、その佳奈子とかいうホステスの店に通っては……恥ずかしいわ」

「しないよ。約束する……よし、今夜はひさしぶりにしようか」

「勃つの？」

「ああ、勃たせるよ」

敬志は美穂子を押し倒した。

その夜、敬志の愚息はひさしぶりに勃起した。

2

柳田部長に、壺井にスワッピングの打診をしてもらった。

すぐにその回答があった。

まずは、敬志と美穂子がセックスしている映像を送ってくれ。それで、壺井と佳奈子が二人を気に入ったら、スワッピングをしたいというものだった。

これは、さすがに断った。そんな映像を送ったら、悪用される可能性があるからだ。

その代わりに、敬志と美穂子の写真を見せるから、それで判断してくれるように、柳田部長に伝えてもらった。

では写真を見たいというので、部長のパソコンから二人の写真を送ってもらった。

そうしたら、今度はまさかの回答があった。

三田佳奈子が敬志と一度逢ってみたいと言っている。それで、佳奈子が承諾したら、このスワッピングはぜひやりたい。そして、それが上手くいけば、今後のS建設との対応も大いに違ってくるだろう、というものだった。

若干違和感を覚えたが、承諾せざるを得なかった。

そして、数日後の夜、敬志と三田佳奈子は壺井の指定したホテルのラウンジで待ち合わせをした。

ラウンジで彼女を一目見て、すぐにその女が三田佳奈子だとわかった。

それほどに、佳奈子にはオーラがあった。

高級クラブのナンバーワンホステスで、しかも取締役の愛人なのだから、このくらいの艶やかさがあって当然なのかもしれない。

しかも、それはお水っぽい華やかさではなく、落ち着いていて、高貴な艶やかさだった。

敬志がよく行くようなキャバクラのナンバーワンと、高級クラブのナンバーワンでは格が違うのだと感じた。

同時に、壺井常務がこの女を愛人にしている理由も納得できた。

二人はホテル内のフレンチレストランに入って、食事をした。個室もコースもすでに壺井が選んで、頼んであった。

ホテルは横浜のみなとみらいにあり、レストランからライトアップされた大観覧車が見えた。

敬志はシャンパンを呑みながら、さりげなく佳奈子を観察する。

ノースリーブの落ち着いた濃紺のドレスを着ていた。髪はアップにまとめられて、左右の鬢(びん)が垂れて、それが品のいいエロチックさを演出している。

過度な装飾品はなく、顔は細面(ほそおもて)で目が大きく、鼻筋が通っている。ととのった顔のなかで、赤い唇だけがぽってりとして、この女の持つ性的なポテシャルの高さを想像させた。

そして、ドレスの胸元は大きくふくらみ、手足や首すじはほっそりしていて、そのギャップが限りなく男心をかきたてる。

フレンチのコースを慣れた手つきで口に運んでいた佳奈子が、その手を止めて、じっと敬志を見た。

「あの……」

「何でしょうか？」

「じつは、今夜このホテルで、朝倉さんに抱かれるよう、壺井から命じられています。ですが、もしわたしが好みでなければ、お断りされてもかまいません。どういたしますか？」

「……今夜、もうホテルの部屋が取ってあるんですか？」

「はい……壺井が取りました」

「そうですか……」

こういうこともあるのかな、とは思っていた。もしそうなったときにはと、美穂子と相談もしていた。

美穂子はかまわないと言った。それで、あなたの仕事が上手くいくのなら、わたしは嫉妬に狂うようなことはないと。

「あなたのような素敵な方とお手合わせできるのなら、とても光栄です」

敬志はあらかじめ考えていた返事をした。

「ですが、じつは朝倉さんとのセックスを撮影するように言われています。それを見せろと。壺井は間接的なネトラレが大好きなんです。わたしが他の男に抱かれるのを直接見るよりも、本当は間接的に見るほうが高まると言います。ですから、まずは映像を撮ってくれと。それを見ながら、わたしを犯すのが大好きなんです」

敬志はどう返していいのか、わからなかった。

しかし、壺井の気持ちはわからないでもない。いや、むしろよくわかる。

たとえば、美穂子が誰か他の男に抱かれている映像を見ながら、美穂子をねちねちといじめ、情交をする。

それはそれで、とても刺激的なことのような気がする。

自分は案外、壺井と気が合うのではないかと思った。

「それでも、大丈夫ですか？」

佳奈子が不安そうな顔をした。

この人にはまったく奢りというものがない。敬志は佳奈子を好きになりかけていた。

「大丈夫です。ただし、その映像はこちらも持っていたい。つまり、誰かに見せられたりすると困りますから。その保険にということです」

「かまいませんよ。ただそれを壺井に言うと、怒るでしょうから、わたしが撮影したものを壺井に内緒で朝倉さんに送ります。それでよろしいですね？」

「はい、ありがとうございます。安心できます」

その後も、コース料理を食べながら、佳奈子にいろいろなことを訊いた。

佳奈子はざっくばらんに話してくれた。いささか警戒心がなさすぎるのではないかと思うほどに。

佳奈子は現在二十九歳で、六本木でホステスをしているのだが、ホステスをはじめたのは、会社勤めをしているときに受けた上司のセクハラがきっかけだった。マンションの部屋の隣に住む友人に悩みを打ち明けたところ、彼女はホステスをしていて、それなら、一度うちに体験入店してみたらと言われて、試してみた。

そうしたところ、意外に自分はホステスに向いていると感じた。しばらく勤めているうちに、会社勤めの給料の数倍稼げることがわかり、それで、思い切って会社を辞めたのだという。

「後悔はしていません。あのまま勤めていたら、もっと人が信用できなくなったでしょうし……。お客さんに恵まれたのかもしれません。今は将来的に、自分のお店を持ちたいなと思っているんです。もちろん、壺井の援助がないとてもお店なども持てませんが……でも、なるべく自分で稼いだお金で、と考えています。まだまだですけど……」

潤んだ瞳を向ける佳奈子は一途さと可憐さも持ち合わせていて、男なら誰だって、佳奈子を援助したくなるだろう。

それから、自分は今、建設業者のプロジェクトリーダーとして、壺井常務と仕事をさせてもらっているのだが、対応がシビアで困っていると話した。

「それで、こんなことをなさって……」

「はい、そうです」

「でも、奥さまが可哀相ではないですか？」

「……じつは私たち夫婦もすでにスワッピングの経験があって、妻の美穂子も初めてではないんです。今回も相談したところ、仕事のためなら、と同意してくれました」

「素晴らしい奥さまですね」

「はい……私には出来すぎた妻です……あの、佳奈子さんはなぜスワッピングを？」

「壺井がしろと言うからです。彼にこの趣味がなければ、わたしはしていなかったと思います」

「そうですか……」

「厳しい人だけど、本質的にはとてもやさしいんですよ」

「やはり、惚れていらっしゃるんですか？」

「そうですね、多分……。ひどく我が儘で、自分の意見を曲げようとしない。でも、わたしがセクハラ、パワハラされた会社の上司たちとはまったく違うんです」

「……そうですか」

「今夜の朝倉さんの役目はわたしを感じさせて、イカせることです。そのほうが壺井は悦ぶんです。そうすれば、スワッピングに応じると思います。そうしたら、朝倉さんの仕事は上手くいくと思います」

なるほど――。

佳奈子は親身になって、人のことを考えてくれる。

敬志は本当に佳奈子を好きになりそうだった。

ディナーを終えて、二人は壺井が取ったホテルの部屋に向かった。

そこは、大きな窓から観覧車と港が見える、キングサイズのベッドの置かれた部屋で、広さはおそらく五十平方メートルはあった。

佳奈子がレースのカーテンを閉めた。それでも、カラフルなみなとみらいの明かりが透けて見える。

それから、佳奈子はビデオカメラをベッドの二人が俯瞰で映るようにセッティングして、言った。

「二人でお風呂に入りましょうか？ ここはビューバスで、窓から夜景が見えるんですよ」

「ああ、いいですね。湯舟につかりながら、みなとみらいの夜景を見るなんて、初めてですよ」

「大丈夫です。まだ撮りませんから」

そう言って、佳奈子はレースのカーテンの前に立ち、背中を見せて、言った。

「ゴメンなさい。ファスナーをおろしてくださると助かります」

敬志は震えそうな手でファスナーを指でつまんで、おずおずとおろす。すべすべの背中がのぞいて、黒いブラジャーのバックベルトが横に走っているのが見えた。

腰までおろしたとき、

「ホックも外してくださると助かります」

佳奈子が言った。

敬志はドキドキしながら、黒いバックベルトに手をかける。少し引き寄せて、金具を一緒に外した。

黒いブラジャーがゆるみ、佳奈子はこぼれでた乳房へと、敬志の手を導いた。それから、レースのカーテンを一メートルほど開けた。

その隙間から、港の夜景が目に飛び込んできた。

敬志は乳房をそっと包み込む。柔らかいが、量感のあるふくらみが指にまとわりついてきて、指先が乳首に触れると、

「あっ……！」

佳奈子がびくっとして、顔を撥ねあげる。

「感じやすいんですね」

耳元で囁くと、佳奈子は無言のまま、首を横に振る。

敬志は後ろから、左右のふくらみを揉みながら、中心より少し上でしこっている乳

首をつまんで転がした。

するとまだ柔らかさを残していた突起がすぐにカチカチになって、

「ぁあぁ、ダメっ……お風呂に入れなくなるわ」

佳奈子が言う。

「その前に……こんなになってしまった」

敬志が佳奈子の手を勃起に導くと、佳奈子はズボン越しにいきりたちに触れて、

「硬いわ。お風呂でしましょ」

そう言って、バスルームに向かった。

3

先にかけ湯をした敬志はバスタブにつかっていた。

側面の大きなガラス窓からは、ブルーに彩られた大観覧車や倉庫街、様々な建物が極彩色にライトアップされていて、その向こうに灰色に沈んだ海が見える。

佳奈子は石鹸で身体を洗い、股間にも塗り付けて、それを洗い流す。

横から見た乳房の形が圧倒的にいやらしかった。

直線的な上の斜面を下側の充実したふくらみが持ちあげて、濃いピンクの乳首がツンと頭を擡(もた)げている。

思った以上に大きい。手足や首がほっそりしているので、バストの豊かさが余計に際立っている。

洗い終えた佳奈子がバスタブに入ってきた。二人用の浴槽なので、ゆうに入ることができる。

佳奈子は敬志に背中を向ける格好で、バスタブにつかる。敬志の開いた足の間に、佳奈子の尻が割り込んでいる形だ。アップにされた髪のうなじに、やわやわした毛がかるく渦を巻いていて、セクシーこの上ない。

何か言わなければと思って、言った。

「素晴らしい景色ですね」

「はい、横浜は夜が幻想的でいいですね……胸を触ってください」

「じつは、さっきからそうしたかったんです」

「遠慮しなくていいんですよ。男の人が遠慮すると、女性にもそれが伝わって、大胆になれないんです。言葉も丁寧語でなくていいですから」

「わかりました……遠慮はしないことにします」

敬志は左右から両手で裸体を抱え込むようにした。

「ぁあ、包み込まれている気がします」

「これは？」

敬志は右手で乳房をつかみ、その頂上にある突起をつまんだ。すでに硬くしこっているそれを、くりっ、くりっと捏ねると、

「んっ……んんんっ……ぁああ……」

佳奈子が悩ましい声をあげた。

さらに、側面をひねりながら乳首のトップをとんとんと叩いた。それを左右の乳首に施す。

佳奈子は徐々に顎をせりあげて、

「ぁああ、弱いんです。それ、弱いの……ぁああ、ダメっ、ダメっ、ダメっ……」

首を左右に振る。悩殺的なうなじが揺れて、爽やかな香りが散った。

敬志は親指と中指で突起をつまみ、捏ねながら、人差し指で頂上をさする。

すると、それがいいのか、佳奈子の腰がくねりはじめた。

乳首を攻めるだけで、腰が物欲しそうにうねってしまう。それだけ、感じやすいのだ。性感が花開いているということだ。

壺井の愛人を何年しているのかわからないが、その間に、佳奈子の肉体は開発されたのだろう。

これだけ感じやすければ、ご主人様の見ている前で、他の男に愛撫されても、燃え上がってしまうに違いない。

そして、壺井はそれが大好物なのだ。

「あれが硬くなってしまった」

耳元で言うと、佳奈子が右手をゆっくりと後ろにまわして、お湯のなかで、敬志の肉柱をつかんだ。

「本当だ。カチカチ……」

うれしそうに言って、かるく握り、ゆっくりとしごく。

分身がいっそう硬くなって、甘い陶酔感がひろがってきた。

「我慢できなくなった。咥えてもらえると、うれしいんだけど」

誘うと、佳奈子は立ちあがった。

ほっそりした身体つきをしているのに、オッパイだけが大きい。きめ細かい肌がお湯でコーティングされて、黒い繊毛からは水滴がしたたっている。

「そこに、座ってください」

佳奈子に言われて、敬志はバスタブのコーナーの縁に腰をおろした。佳奈子がにじり寄ってきた。

陰毛を突いていきりたつものの頭部に、ちゅっ、ちゅっと慈しむようなキスをする。

それから、右手を伸ばして、握り込んできた。

ゆったりとしごきながら、ちらりと見あげてくる。すでに顔には汗をかいていて、その仄かに染まった顔と、潤みきった瞳がセクシーだった。

「すごく気持ちいいよ」

言うと、佳奈子は口角を吊りあげて、微笑んだ。

それから、ぐっと姿勢を低くして、肉棹の裏側を根元から、舐めあげてくる。

ぞわぞわっとした戦慄で、イチモツにいっそう力が漲ってきた。

佳奈子は何度も裏筋を舌でさすりあげると、上から頬張ってきた。

いきりたちを一気に奥まで咥え、ぐふっ、ぐふっと噎せて、

「朝倉さんのこれ、大きいわ。喉を突いてくる……」

見あげて言って、また唇をかぶせてくる。

敬志は自分のイチモツがそれほど大きいとは思っていない。おそらく、これは男を勇気づけるためのリップサービスだろう。

わかっていても、悪い気はしない。

佳奈子は頬張って、ゆったりと唇をすべらせる。

その柔らかな唇と締め具合、じっくりと擦る速度、とすべてが絶妙だった。

「あああ、気持ちいいよ」

敬志は快感を味わう。

曇り止めのされた大きなガラス窓を通じて、赤、青、黄色のイルミネーションが輝く大観覧車が見える。あそこはこの時間はもう営業されていないから、外から見られることはない。

確か、午前零時までライトアップされるはずだから、まだ二時間は灯っているだろう。

みなとみらいの幻想的な夜景を眺望しながら、これほどの美女にフェラチオされることなど、もちろん生まれて初めてだ。

(俺はついている。だから、今回のプロジェクトもきっと上手くいく……)

ゆったりと唇を往復させていた佳奈子が、いったん勃起を吐き出して、唾液まみれのイチモツを握った。

ゆったりとしごきながら、先端にキスをして、亀頭冠の周囲をぐるっと舐める。

それから、また唇をかぶせてくる。

敬志を見あげながら、静かに顔を振った。同時に、根元を握った指でしごかれると、えも言われぬ快感がひろがってきた。

「ああ、ダメだ。それ以上されると、入れたくなってしまう」

思いを告げると、佳奈子はちゅるっと吐き出して、立ちあがった。

何をするのかと見ていると、バスタブの向こう側の縁に両手を突いて、背伸ばしのストレッチをするような格好でヒップを突き出してきた。

「舐めてください……あそこが熱いんです」

そう言って、ぐいと尻をせりだしてくる。

(いいのか……いいんだよな)

湯船につかった姿勢で、敬志は目の前の尻たぶをつかんで、ひろげる。それにつれて、花弁も開く。

唇同様にぽってりとして肉厚だが、見事なまでに左右対称の陰唇がひろがって、赤い粘膜がのぞいている。

全体が赤く感じるのは、お湯につかって温められているからだろう。

クリトリスが下になって、そこから笹舟形の女陰がひろがっていた。赤い粘膜を見

ながら、下から狭間を舐めあげる。ぬるぬるっと舌がすべっていき、

「はうぅぅぅ……！」

佳奈子ががくんと顔を撥ねあげた。やはり、敏感だ。

壺井が佳奈子を愛人にしている理由がよくわかった。美貌でありながら巨乳の持ち主で、豊かな性的感受性を備えている女性はそうそういない。きっと、手放せないだろう。将来的には店を持たせてやることも当然考えているはずだ。

敬志は赤い粘膜にしゃぶりついた。

何度も舐めると、花びらが開いていって、複雑な内部まで見えてくる。

尻たぶを撫でまわしながら、クリトリスを攻める。

包皮をかぶった小さな肉芽にちろちろと舌を走らせ、上下左右に弾く。チューッと吸い込んで吐き出す。

そうしながら、中指で膣口の周辺を丸くなぞる。時々、浅く差し込む。

それをつづけていくうちに、佳奈子の様子がさしせまってきた。

「あああ、あうぅぅ……もう、ダメっ……ください。あれをください」

ついには、自分からせがんで、尻をもどかしそうにくねらせる。

今はまだ撮影されていないという安心感があって、欲望だけが募っている。

だが、後ろから挿入して動くには、このバスタブはいささか狭すぎる。

二人で湯船を出て、バスタブの縁に佳奈子につかまらせて、腰を後ろに引き寄せた。

ハート形の見事なヒップの割れ目の底に、イチモツを押し当てて、慎重に押し込んでいく。

ぬるりと亀頭部が嵌まり込んでいき、さらに力を込めると、とても窮屈な道を押し広げていく確かな感触があって、

「ぁあああ……！」

佳奈子が顔を撥ねあげた。

「おお、くっ……！」

と、敬志も奥歯を食いしばっていた。

素晴らしい締めつけだった。しかも、内部は熱いと感じるほどに体温が高く、そのうえ、粘膜が波打つようにからみついてくる。

じっとしていないと、射精してしまいそうだった。しかし、それをうごめく粘膜が許してくれなかった。

気づいたときは、腰を振っていた。

ギンギンになった分身が熱い滾りを擦りあげて、それを繰り返すと、どんどん快感

が高まってくる。

（ああ、ダメだ。我慢だ！）

必死に我慢して、窓を見た。曇り防止用ガラスの向こうに、横浜港の明かりや満天の星を浮かべた夜空が見える。

敬志は目を細め、夜空の星を数えて、射精をこらえた。

すると、敬志の窮状を悟ったのだろう、佳奈子が言った。

「このまま、部屋に行きたいわ。後ろからつながったまま……」

「わ、わかった」

敬志はバスルームのなかでぐるりと向きを変えて、前にいる佳奈子を押していく。

佳奈子は腰から上体を折り曲げて、結合が外れないようにしている。

バスルームの脱衣所で敬志はバスタオルをつかんで、佳奈子の裸身の水分を丁寧に拭き取った。それから、自分も拭（ぬぐ）う。

後ろからつながった体位で、慎重に歩く。

佳奈子は前傾しつつ、尻を後ろに突き出し、ゆっくりと前に歩く。

敬志は結合が外れないように、腰を抱き寄せている。

ベッドの前まで行くと、佳奈子が言った。

「壺井はわたしがいやいややられて、感じていくのを見るのが好きなんです。録画のスイッチを入れたら、わたしはそういう演技をします。朝倉さんはいやがるわたしをどうにかして感じさせてください。わたしが抵抗しても、心配なさらないで」

「わかった。やってみる」

4

「録画をはじめますね」

佳奈子がビデオカメラのスイッチを入れて、敬志は佳奈子を後ろから貫いたまま、言った。

「佳奈子さん、ベッドにあがってください」

「いやです、もう許してください。バスルームでやられて、そのまま連れてこられて……もう、つらいです」

佳奈子がさっと結合を外して、ベッドに逃げた。

敬志は彼女を追って、ベッドにあがり、仰臥している佳奈子の両膝をすくいあげる。

「いや……やめて」

「言うことを聞いてください」

敬志はすらりとした足をつかんで、ひろげ、勃起を翳りの底に押し当てた。細長くととのえられた陰毛の下にある沼地に切っ先を擦りつけて、

「そうら、こんなに濡らしている。ぬるぬるだ」

言葉でなぶり、切っ先で膣口を見つけて、腰を進めていく。

いきりたちが蕩けたような体内を奥まで進んでいって、

「いやぁああ……！」

佳奈子が嬌声を張りあげた。

「あっ、くっ……！」

敬志は歯列を合わせて、射精を必死にこらえる。

さっきより、膣はいっそう窮屈でいながら、とろとろに溶けていて、何もしていないのに、怒張をくいっ、くいっと奥へと手繰(たぐ)り寄せようとする。

敬志は強烈な締めつけに耐えた。

それから、膝の裏を両手でつかんで、押し広げながら、上から打ち据える。

ぐいと押すと腰があがって、屹立と膣の角度が合い、切っ先が奥へと簡単にすべり込んでいく。

佳奈子が両手でシーツをつかんで、凄艶な声を洩らした。

敬志は無言で、ひたすら突いた。

奥を突いてから一転して、浅瀬に繰り返しジャブを浴びせると、

「ぁああ、ああああ……ぁああ、焦らさないで。奥にください」

佳奈子が哀願してくる。

「ダメですね」

敬志は冷たくあしらい、浅瀬への抜き差しをつづける。

こうしたほうが、女はさらに焦れて、もっと欲しくなる。ひたすら浅いところに短いストロークを繰り返した。

すると、佳奈子はますます焦れて、ついには、敬志の太腿に手をかけて、ぐいと引き寄せる。

敬志は踏ん張っていて動かないから、替わりに、佳奈子の腰が近づいて、肉棹が深々と奥へと嵌まり込む。

「ぁあああ、いいの……ちょうだい。お願いです。奥に、奥へとオチンポをください。朝倉さんのオチンポをください」

「うあああっ……！」

佳奈子が哀切な顔を向けて、せがんでくる。

こんな顔をされて、ノーと言える男はいない。

敬志は無言で、ズンッと打ち込む。

両膝の裏に体重を乗せたストロークを一気に浴びせると、

「うはっ……！」

佳奈子は顎を高々と突きあげて、シーツを鷲づかみにした。

ここが攻めどころとばかりに、敬志はスパートする。

前に体重をかけながら、上から打ちおろし、途中でしゃくりあげる。亀頭部が狭い膣壁を押し広げながら、子宮口へと届き、

「あんっ……あんっ……」

そのたびに、佳奈子はさしせまった声を放って、顔をのけぞらせる。

今、サイドテーブルに載せられたビデオカメラが二人の様子を撮っているはずだ。

しかし、敬志は敢えて気づいていないふりをする。

佳奈子を感じさせることに集中した。

ズンッ、ズンッと力強い一撃を叩き込むと、

「あんっ、あんっ、あんんっ……」

佳奈子は甲高い声で喘ぐ。

「気持ちいいんだね？」

訊くが、佳奈子は答えない。

もう一度、強烈なストロークをまとめて浴びせた。

「あんっ、あんっ、あんっ、ぁあああああ、イキそう……イッちゃう！」

佳奈子が訴えてくる。

だが、そこで敬志はぴたりと打ち込みをやめる。じっとしていると、佳奈子は両手で敬志の太腿をつかみ、引き寄せながら、自分は動いて、屹立を膣に迎え入れる。

「顔はきれいなのに、身体は淫乱なんだな。そんなに欲しいのか？」

「はい……イカせてください」

「わかった。じゃあ、自分で腰を振ってイクんだ」

敬志は結合を外して、ベッドにごろんと仰向けになる。

すると、佳奈子が起きあがって、向かい合う形で敬志をまたいだ。そのまま腰を落として、いきりたつものを導き、そこに向かって膣を押しつけてくる。

すでにとろとろの膣口がひろがりながら、怒張を受け入れて、

「ぁあああ、いいっ……！」

佳奈子が上体をまっすぐに伸ばした。

「そんなにいいのか？」

「はい……いいの。あなたのオチンポが奥に届いているのよ。長くて、太いわ。無理やりひろげられている感じよ。だから、ちょっと動くだけで、すごく気持ちがいいの……ぁあああ、あうぅぅ」

佳奈子が腰を振りはじめた。

両膝をぺたんとシーツについたまま、腰を揺すりあげる。縦よりも、前後に動かしている。

その流れるようなスムーズな腰の動きは、ダンスを見ているようだ。

そして、よく締まる膣がまっすぐに勃つ肉のトーテムポールを激しく擦りながら、揉み込んでくる。

ビデオカメラは斜め前からこちらを狙っている。おそらく今、正面を向いていやらしく腰を振る佳奈子の姿が録画されているはずだ。

これが美穂子の映像だったら、敬志は間違いなく燃えるだろう。

敬志も柳田も壺井も、どこかおかしいのだ。普通の男とは違うのだ。だが、しょうがない。昂奮するものは昂奮するし、しないものはしない。それを誤魔化すことはできない。

佳奈子がのけぞるようにして両手を後ろに突き、足を大きくひろげた。それから、前後に揺すりはじめる。

しどけなく足を開いて、腰を振っている佳奈子……。細長い陰毛の底に、屹立が沈み込み、出てくる。

それを、壺井もビデオ映像で見ることになる。

佳奈子にも自分がどう映っているか、わかっているはずだ。そして、それを壺井が見ることとも。

「ぁあああ、あああ、気持ちがいい……あなたのオチンポがなかをかき混ぜているのよ。ぐりぐり、ぐりぐりとえぐっているのよ。ぁあああ、へんなんだわ、わたし。初めてする男の人にこんなに感じちゃってる……わたし、淫乱なの？　違うよね……ぁあああああ、あああああ……我慢できない」

そう言って、佳奈子は腰を斜めに振りはじめた。屹立の角度を変えながら、ズボズボとそれを膣に受け入れるような角度で腰をつかう。

「おおう、気持ちいいぞ。たまらない……くぅぅぅ」

あまりの快感に敬志は訴えていた。

入口の狭いところで、勃起を締めつけられながら、摩擦されている。それに、途中も締まってきて、肉襞が男根にまったりとからみついてくる。

佳奈子もこれが効果的な腰振りだとわかっているのか、執拗にそれを繰り返した。

それから、上体をまっすぐに立てて、膝を立てる。その姿勢で前屈みになって、腰を縦につかいはじめた。

スクワットでもするように尻を上げ下げして、屹立が奥を突くたびに、

「あん、あんんっ、ぁあんんん……」

甲高い声で嬉々として喘ぐ。

おそらくEカップはあるだろう、たわわな乳房がそのたびに、ぶるん、ぶるるん揺れている。

佳奈子は前に手を突き、やがて、覆いかぶさってきた。

キスをせがみ、敬志が応じると、唇を吸い、舌をからめながら、くなり、くなりと腰を揺らめかせる。

敬志も背中と腰をつかみ寄せて、下から突きあげてやる。

ぐいっ、ぐいっ、ぐいっと腰を撥ねあげると、

「んっ……んっ……んっ……」

佳奈子はくぐもった声を洩らす。

つづけて突きあげると、佳奈子はキスしていられなくなったのか、顔をのけぞらせて、

「あんっ、あんっ、あんっ……ぁあああ、響いてくる。お腹に響いてくる……イキそうなの。イッていいですか？」

けなげに許可を求めてくる。

「まだだ。今度は俺が上になる」

敬志は結合を外させて、佳奈子を仰向けに寝かせた。そうやって、膝をすくいあげながら、屹立を埋め込み、前に上体を倒して、キスをする。

唇を奪うと、今度は佳奈子が自分から舌をつかい、からめてくる。そうしながら、ぎゅっ、ぎゅっと膣を締めつけてくる。

おそらく意識的に膣を締めている。

敬志はその圧迫感を押し退けるように、腰をつかった。

キスをしながら、屹立を抜き差しすると、佳奈子はまたキスしていられなくなり、唇を離して、

「ぁああ、あああ、気持ちいい……こんなになったのは初めてよ。すごくいいの。

へんになりそう。わたし、へんになる……！」

下からぎゅっとしがみついてくる。

よし、今だとばかりに、敬志も連続して叩きつける。腕立て伏せの形で佳奈子の様子を見ながら、深いストロークを浴びせる。

まったりとした肉襞がからみついてきて、ぐっと快感が高まった。

「ああ、出そうだ。出すぞ。いいのか？」

「はい……出して。ぁあああああ、イクわ。イキます……あんっ、あんっ、あんっ……ぁああああああ、来そうよ……あんっ、あんっ、あんっ……イクぅううう！」

佳奈子が顎を高々とせりあげるのを見て、駄目押しとばかりに打ち込んだとき、敬志にも至福が訪れた。

ぐいっと打ち込んで、放ちそうになって、とっさに引き抜いた。

抜いた状態でしごくと、大量の白濁液が佳奈子の腹部と乳房に飛び散って、肌を白く穢(けが)していった。

5

敬志は壺井のお眼鏡に適ったようで、二組のカップルがスワッピングする場所と日時が決められた。

ホテルはこの前と同じ横浜で、この界隈では唯一バルコニーがついたリゾートホテル形式のホテルだった。

まずは、レストランでフレンチを食べた。

壺井孝行とは初対面だった。ロマンスグレーの眼光の鋭い男だった。

壺井を見たとき、その威厳がありそうな、いかにも厄介そうな顔を見て、ビビりかけた。しかし、本心から怯えはしなかった。

なぜなら、先日、身体を合わせた後、ビデオカメラのまわっていないところで、佳奈子から事情を聞いていたからだ。

壺井は六十八歳という年齢もあって、佳奈子と二人ではイチモツがなかなか言うことを聞かない。したがって、ネトラレのような形を取って、初めて勃起する。

『だから、わたしも今夜のように乱れてしまって……恥ずかしいわ』

そう言って、佳奈子は目を伏せた。

それに、壺井はたとえエレクトして挿入しても、射精することができないのだという。

『だから、今日、あなたにザーメンをかけられて、とてもうれしかったのよ』

佳奈子はそう言ったのだ。

知らなかった。柳田部長から話を聞く限りでは、壺井は精力絶倫に思えた。しかし、実際はそうではなかったのだ。

それに、普通の状態では勃起しないというのは、敬志も同じで、妙な仲間意識のようなものを抱いた。

ちなみに、壺井が暴走するのは、女性が言うことを聞かないときだと言う。つまり、少しは抵抗してほしいが、それは最初だけで、本気に抗（あらが）われると、切れるのだそうだ。

『それでも、気持ちは若くて、セックスでもいまだに新しいことをしたくてしょうがないんですよ』

と、佳奈子が言ったので、

『それなら、アナルセックスはどうですか？　じつは私たちはアナルセックスができるんですよ』

敬志が提案すると、佳奈子は『それはいいかもしれない……でも、わたしはアナルバージンだから怖いけど』と微笑んだ。

あらかじめ佳奈子とそんな会話を交わしており、壺井の人間性を美穂子に話してあった。

その情報があるから、二人は壺井の刺すような視線に耐えられている。

だが、敬志がこの組み合わせが上手くいきそうだと感じたのは、壺井が美穂子を気に入ったようだったからだ。

壺井は食事を摂りながら、美穂子と会話を弾ませて、

「ほう、美穂子さんはお美しいだけでなく、教養がおありになる。やっぱり、教養のある女性は違います。自分では意識せずとも、高尚な落ち着きが滲みでる。佳奈子にその教養をご教授願いたいくらいですよ」

と、美穂子を称賛の目で見る。

佳奈子は相変わらず妖艶（ようえん）だったが、終始控えめな態度をとりつづけていた。それでも、時々、敬志に送る視線は、これでいいですよ、順調ですと暗に伝えてくる。

デザートを食べ終えて、四人は部屋に向かう。

キングサイズのベッドが中央に据えられた広い部屋だった。

それぞれのカップルが一緒にバスルームでシャワーを浴びて、身体を洗い清める。スワッピングの際、その直前にシャワーを浴びるのは最低限のマナーだった。

美穂子とともにバスルームを出ると、壺井と佳奈子がバルコニーに出て、ワイングラスで赤ワインを呑んでいた。

「ああ、お二人もどうぞ」

壺井に手招かれて、二人もバルコニーに出た。すると、佳奈子がワインをグラスに注いでくれる。

四人は赤い血の色をしたワイングラスを掲げて、乾杯をした。

ここは先日のホテルより高い層にある部屋だから、みなとみらいや海の夜景が広く見渡せる。それでも、圧倒的に大観覧車は目立つ。

「この高さで、これだけ離れていれば、他からは見えないだろう。咥えさせてみるか？　ただし、ワインを含んだままな」

壺井がまさかのことを提案した。

敬志は心配になって言った。

「ワインだと、沁みますよ」

「そのくらいがちょうどいいんだ。刺激的でな。俺くらいのベテランになると、ちょっとやそっとのことではあれがエレクトしない。佳奈子、頼む。やってくれ」

壺井が言って、佳奈子がうなずいて、グラスから赤ワインを口に流し込み、溜めた状態で壺井の前にしゃがんだ。

バスローブの前を開き、半勃起状態の肉茎に唇をかぶせて、ジュルジュルと啜りあげた。吸いきれなかった赤ワインが口角から垂れ落ちて、白いバスローブの裾を赤く染める。

さらさらの長いストレートヘアをかきあげて、佳奈子は肉茎を口に含み、ジュブッ、ジュブッと唇をすべらせる。

それを見ていた美穂子がワインを口に含んで、敬志の前にしゃがんだ。

バスローブの前をひろげて、飛び出してきたイチモツに唇をかぶせてくる。

敬志のそれは、若い分、壺井のイチモツより元気がいい。

最初はひんやりした感触だった。だが、すぐにアルコール分が尿道口の粘膜にジワッと沁みてきて、

「ぁああ、沁みるよ。ああ、よせ」

そう拒むものの、美穂子はなおも頬張って、顔を打ち振る。

じゅくじゅくと淫靡な音がして、時間が経過するにつれて、その沁みる感覚がなく

なった。

美穂子がいったん吐き出した。すると、空気に触れたせいか、ジーンと沁みた。

(そうか……空気に触れると、あらためて沁みるんだな)

この歳になっても、セックスでの発見は多い。

壺井が言った。

「交換しないか、おフェラの相手を。美穂子さんにしゃぶってもらえたら、勃つかもしれん」

「わかりました……美穂子」

うながすと、美穂子はうなずいて立ちあがり、口に赤ワインを含んで、壺井の前にしゃがんだ。

半勃起状態のものの根元をつかんで調節し、そこに唇をかぶせていく。赤ワインを滴(したた)らせながら、早速、ジュブッ、ジュブッとしごきはじめた。

「美穂子さん、こっちを向いて」

言われて、美穂子は頰張りながら、壺井を見あげる。

かるくウエーブした髪をかきあげて、眩しそうに壺井を見て、視線を合わせたまま、ゆっくりと唇で亀頭冠をしごく。

その光景に、敬志はひどく昂奮してしまった。

イチモツがびくびくっと躍りあがり、それを見た、佳奈子が前にしゃがんで、頬張ってきた。

赤ワインを口角から垂らしながら、ジュブッ、ジュブッと積極的に唇をすべらせる。美穂子のように敬志を見あげて、ストレートヘアを色っぽくかきあげた。

そして、ゆっくりと顔を振る。そのとき、

「おおぅ、ハミガキフェラまで……たまらない女だな、あんたは。いい女だ。朝倉さんもいい人を見つけたようだな」

壺井が微笑みながら、敬志を見た。

そして、敬志の勃起は今、佳奈子が頬張っている。

壺井の視線を意識したのか、佳奈子も同じように顔の角度を変えて、ハミガキフェラをはじめた。

亀頭部が頬の内側の粘膜に擦りつけられて、ひどく具合がいい。

頬のふくらみが移動して、佳奈子の美貌が崩れてしまっている。それにもかかわらず、佳奈子は反対側に角度を変えて、ハミガキフェラをつづける。

（佳奈子さんも負けず嫌いなんだな。しかし、気持ちいい……夜風が涼しい……）

まさか、このバルコニーで二組のカップルが相手を替えながら、フェチチオさせているなど、誰が想像するだろうか？

「おおうぅ……キンタマまで舐めてくれるとは。あんたは最高の女だな」

壺井の声がした。見ると、美穂子は皺袋を舐めあげながら、今やギンとしている野太い肉柱を右手でしごいている。

それを見て、佳奈子も同じように皺袋を舐めながら、茎胴を握りしごいてくる。

「たまらんな……今なら、できそうだ。おい、部屋に入るぞ」

壺井は美穂子とともに、部屋に向かった。

裸になった美穂子をベッドに這わせた。そして、壺井は自ら肉棹をしごきながら、後ろから美穂子の恥肉を舐める。

「ぁああ、気持ちいい……」

美穂子が喘ぐと、

「そうか……そんなにいいか？　あんたは美人だけど、じつは好き者なんだよな。亭主の見ている前で、私のチンポを美味しそうにしゃぶる。今も、早く欲しくて、尻を突き出している。私のチンポが欲しくてしょうがないんだな？」

「はい……壺井さまのオチンポが欲しい。ぁああ、ください。欲しい、欲しい！」

「くれてやる。俺の硬いやつをくれてやる」

目をギラつかせて、壺井は真後ろにつき、ギンッとしたものを手に添えて、打ち込んでいく。反り返った長い屹立が美穂子の体内に姿を消していき、

「ぁああ……すごい！」

美穂子が喘いだ。

「何がすごいんだ？　言ってみなさい」

「硬くて、長いんです。壺井さまのオチンポが硬くて長くて、奥まで届いています。ぁあああ、貫かれているわ……ぁあああ、あなた、気持ちいいの。美穂子、壺井さんのオチンポをいただいて、気持ちいいんです」

美穂子が言って、敬志を見た。

「いいんだぞ、美穂子、それで。昂奮するよ。お前が壺井さんに貫かれているところを見ると、すごく昂奮する……ほら、ギンギンだ」

敬志はいきりたつ肉柱を握りしめた。

次の瞬間、佳奈子に押し倒された。佳奈子は仰向けになった敬志の勃起をつかんで、導きながら沈み込んでくる。それが体内をうがつと、

「ぁあああ、気持ちいい……長くて太いわ。敬志さんのオチンポ、たまらない……あ

んっ、あんっ、あんっ……」

佳奈子が両膝を立てて開き、スクワットをするように腰を上下動させた。

「あっ、くっ……」

敬志は立ち昇る快感をこらえながら、隣を見た。

そこでは、四つん這いになった美穂子を、壺井が後ろから狂ったように激しく犯していた。

呻きながら、美穂子の細腰をつかみ寄せて、思い切り股間のものを叩きつけている。

「あんっ、あんっ、あんっ……ぁああ、すごい……おかしいわ。こんなのおかしい。だって、わたし、もうイキそうなの。気持ち良すぎて、気を遣りそう……」

「この淫乱女が……そうら、イキなさい。イカせてやる。亭主の見ている前で、気を遣るんだ。あんたはそういう恥ずかしい女だ。ぁああ、おおぅ、たまらん……あんたのオマンコは最高だ」

そう言いながら、壺井は力を振り絞るようにして、勃起を叩き込んでいる。

「ああぁ、ああああぁ……イクわ。イキます……イク、イク、イクぅ！」

「そうら、イケよ！」

壺井が尻を鷲づかんで、腰を叩きつけると、

「イキます……いやぁあああああああああ……！」

美穂子は嬌声を噴きあげながら、大きくのけぞった。がくんがくんとしてから、精根尽き果てたように、ドッと前に突っ伏していった。

6

三十分後、シャワーを浴びた四人はまたプレイを再会していた。

「アナルセックスを見せてくれないか？」

壺井にそう請われて、敬志は美穂子にシックスナインをさせている。

この形のほうが、刺激的に見えるだろうと思ったからだ。

敬志は上になった美穂子の尻たぶの間のアヌスを、ほぐしている。

佳奈子に自分たちはアナルセックスができることを、伝えておいた。おそらく、佳奈子はそれを壺井に話し、壺井はそれをやらせたがるだろう。

そう読んで、使用するグッズはすべて持ってきている。

たっぷりのローションを塗り込め、指サックを嵌めた人差し指で窄まりを押していると、肛門がひろがって、人差し指がぬるぬるっと吸い込まれていき、

「ぁあああぅぅ……」

美穂子は一瞬、肉棹を吐き出して、喘ぐ。

「おおぅ、簡単に入るものだな。美穂子さん、痛くないのか？」

壺井が興味津々という様子で訊いて、

「はい……指ぐらいなら、大丈夫です」

美穂子が言って、壺井がうなずく。

「壺井さん、もし興味がおありになるなら、佳奈子さんに試してみたらいかがですか？　案外、できるかもしれませんよ。道具は全部揃っていますから」

あらかじめ考えておいたことを打診してみた。

「そうだな。やってみるか？　しかし、佳奈子は大丈夫なのか？」

「あなたが求めることにはすべて応えてきたでしょ。大丈夫ですよ」

「そうか……じゃあ、やってみよう」

佳奈子が四つん這いになると、壺井は指サックをつけて、ローションを尻の谷間に落とした。

小菊のような窄まりになすりつけ、敬志の見よう見まねでアヌスをほぐす。

「本当に大丈夫なのか？」

壺井が訊いてくるので、

「ええ。無理やりせずに、中心に押し当てて、少しずつ力を加えてください。そうすれば、ごく自然に吸い込まれます。佳奈子さんもとにかくリラックスして、ゆっくりと深呼吸してください。そうすれば、自然に指が入り込みますから」

敬志は答える。

壺井は銀髪の下の目を細めて、真剣にアヌスをいじっていたが、やがて、

「おおぅ、入ったぞ」

嬉々として、挿入部分を見つめている。

「平気か？」

「妙な気分だけど、大丈夫です」

「動かすぞ」

「はい……」

壺井が指サックに包まれた指を抜き差しすると、

「ぁああ、あうぅぅ」

佳奈子がつらそうに喘いだ。

「つらいか？」

「はい……でも、気持ちいいわ。ぞくぞくする。ぁああ、ぁあああああ、もっとしてください」

佳奈子がまさかのことを言った。

「そうか……よし。これではどうだ？」

壺井が第二関節まで差し込んだ指を右に左にまわした。すると、括約筋がよじれるのだろう、

「ぁああ、あまり激しくしないでください……ゆっくりと。そう、そのくらい。ぁああ、気持ちいいわ。もっとひろげてもかまわないのよ」

「そうだな。勃起したチンコを入れるわけだから、太さは指の数倍はあるからな」

壺井は指をまわしながら、ひろげていく。

その間に、すでに美穂子が受け入れる準備はととのった。

敬志は下から這い出て、美穂子の真後ろについた。

勃起にコンドームをかぶせて、そこにもローションを塗った。

「壺井さん、入れますよ。見ていてください」

「わかった……やってみてくれ」

壺井がこちらを真剣な目で見る。

敬志はいきりたつ肉柱の先を窄まりに擦りつける。実際はよく見えないから、位置は勘でさぐることになる。尻たぶの狭間の、オマンコよりもずっと上にある。切れ目からおろしていって、若干柔らかな箇所に押しつけると、美穂子が深呼吸する。その息を吐いて、吸いかけたときを見計らって、少しずつ力を込める。

わずかな抵抗があり、

「ああ、そこ……そのまま」

美穂子が言う。敬志がじっくりと腰を進めると、強くホールドしてくる感触があって、

「ぁあああぁ……！」

美穂子が顔をのけぞらせた。

下を見ると、コンドームをかぶせた肉柱がほぼ根元まで嵌まり込んでいた。

「おおぅ、すごいな。本当にケツに入ってるな」

「はい……アナルセックスして上から見ると、嵌まっている位置が随分と上なので、すぐにわかりますよ」

「感触はどうなんだ？」

「すごくいいですよ。肛門括約筋のある数センチはものすごく締めつけが強いです。

ですが、その奥は熱くて、とろとろの粘膜がからみついてきます。今、指を入れていて、おわかりになるでしょう？」

「ああ、確かにそうだな……奥のほうは内臓なんだろうな。ぐにゅぐにゅしているな」

「そうです。アナルセックスの場合、それがまた、たまらないんです」

「そうか……」

「動かしますよ」

敬志は美穂子のくびれたウエストを両手でつかんで、かるく引き寄せ、ゆっくりと抜き差しをする。

勃起が括約筋の締めつけを押し広げていき、その奥の熱い滾りに触れる。その扁桃腺のふくらみのような内臓がたまらない。

「ぁあああ、気持ちいい……へんになる。気持ち良すぎて、へんになる……ぁああ、あうぅぅぅ」

打ち込むたびに、美穂子は下を向いた乳房を揺らし、両手でシーツを鷲づかみにする。

それを見ていた壺井が、やる気になったのだろう。

コンドームを肉棹にかぶせて、ローションを塗り、アヌスに打ち込もうとする。だが、なかなか上手くいかないようで、ちゅるっと弾かれてしまう。

そのうちに、せっかくエレクトしていたものが力を失くしてしまった。

「ああ、くそっ!」

「きっと、まだアヌスが開いていないんですよ。これを使ってください」

敬志が差し出したのは、こんなこともあろうかと持参したアナル拡張用のバイブだった。

アナルビーズと呼ばれる球が小さなものから大きなものまで五つ並んでいて、スイッチを入れると振動する。

「これを、佳奈子さんのアヌスに入れて、振動させてください」

「わかった」

壺井は素直に従って、アナルビーズを入れようとしたが、なかなか上手く入らない。

「貸してください。自分でします」

そう言って、佳奈子は横臥して、アナルビーズを挿入する。

「ぁああ、もっと入るわ。はうぅぅ……フーッ、フーッ」

深呼吸しながら、大きなビーズを埋め込んでいく。

「佳奈子さんがアナル拡張をしている間、二人で美穂子を攻めませんか？　よろしかったら、咥えさせてください」

「おおぅ、そうか……いいねえ」

壺井が満面の笑みを浮かべて、コンドームを外し、美穂子の顔の下に股間が来るように、シーツに座る。

美穂子は壺井の股間のものを上から頬張る。後ろからアヌスを犯されながらも、壺井のイチモツに唇をすべらせる。

柔らかな唇が肉茎を往復すると、徐々にそれがギンとしてきて、ついには、いきりたつ。

「大したものだな、あんたは。妻の鑑(かがみ)だよ」

そう言って、美穂子の髪を撫でる。

それを見ていた敬志はストロークを再開する。美穂子の腰をつかみ寄せながら、アヌスを犯す。ずりゅっ、ずりゅっと打ち込んでいくと、

「んんんっ……んんっ……んんんんっ！」

美穂子は壺井のイチモツを頬張りながら、くぐもった声を洩らす。

「おおぅ、最高だ」

壺井は唸って、頬張らせたまま腰を浮かした。

両膝を突く格好で、四つん這いになった美穂子の口腔をイラマチオする。腰をつかって、勃起を押し込んでは、

「おおぅ、たまらん」

と、感極まったような声を洩らす。

後ろから愛妻のアヌスを犯しながら、敬志も昂奮していた。愛する女がアナルセックスされながら、他の男のイチモツをしゃぶっている。

これが、佳奈子のような愛人ならわかる。だが、美穂子は一生の伴侶なのだ。そういう女にすることではない。

そんなことはわかっている。しかし、それで自分は勃起する。美穂子だって今はもうこの状況を愉しんでいる。

女性はひとりの男が独占するものではなく、親しい男たちで共有するものなのだ。

もし女性が共有されることを愉しむことができれば、そういう考えがあってもいいような気がする。

美穂子を前と後ろから犯していると、佳奈子の哀願するような声が聞こえた。

「ぁああ、ください。わたしのお尻にください。もう充分にひろがりました」

佳奈子はお尻にアナルバイブを挿入して抜き差ししながら、もどかしそうに乳房を揉みしだいて、腰をくねらせていた。

「私じゃ無理かもしれない。どうだろう、朝倉さんがアナルを貫通させてくれないか？　一回できたら、私もできるだろう」

壺井が思ってもみなかったことを言った。

「そうですね。では、こうしましょう。壺井さんが下になって、佳奈子さんの膣を突きあげてください。そうしたら、俺が佳奈子さんのアヌスを奪います」

「できるのか、そんなこと？　二つの孔に入れるんだろ？」

「できます」

敬志が確信を持って言うと、それを信じたのか、壺井が仰向けで寝て、アナルバイブを外した佳奈子が向かい合う形でまたがる。

腰を落として、壺井の野太い勃起を体内に迎え入れ、さらに沈み込んで、

「ぁあああぅぅ……！」

佳奈子は顔をのけぞらせて、腰をつかいはじめた。もう我慢できないとでもいうように激しく腰を振って、喘ぐ。

敬志は分身を美穂子のアヌスから抜き、コンドームをいったん外して、新しいもの

に替えた。たっぷりとローションをまぶしてから、佳奈子をぐっと前に屈ませて、尻を持ちあげさせる。

壺井の勃起が入り込んでいる膣の上に、セピア色の小菊のような窄まりがヒクついている。

心なしか、さっきより中心がゆるんでいる気がする。

(イケるんじゃないか?)

敬志はさらに確信を持った。

「行きますよ。絶対にできますから、力を抜いて、深呼吸してくたさい」

「はい……」

佳奈子のゆっくりとした呼吸音が聞こえる。

敬志はアヌスの中心に亀頭部を押しつけて、静かにすべらせる。落ち込んでいく箇所を見つけて、少しずつ押し込んでいく。

「ぁああ、キツいわ」

「大丈夫。キツいのは最初だけだ。入ってしまえば楽になるから」

「はい……フーッ、フーッ」

佳奈子が深呼吸するそのタイミングを計って、少し強めに押してみた。すると、何

かがゆるんでいくような感触があって、

「ぁあああ……くぅぅぅ」

「先っぽが入ったよ。力まないで。押し出そうとしないで」

「はい……」

「行くよ」

敬志が腰を入れたとき、茎胴がすべり込んでいき、

「はぁあああああ……！」

佳奈子が嬌声を噴きあげて、顔をのけぞらせた。

敬志の勃起が佳奈子のアヌスにずっぽりと嵌まってしまった。しかも、膣には壺井の男根を受け入れているのだ。

「大丈夫だろ？」

「はい……ウソみたい。わたし、前と後ろに、二本のペニスを受け入れているのね」

「そうだよ。きみは前と後ろに嵌められている」

「ぁあああ、すごいわ。すごすぎる……ぁあああ、苦しいけど気持ちいい」

「そうか、そんなに気持ちいいか？」

壺井が下から訊いて、

「はい……突きあげてください。佳奈子を犯してください」

「よおし……」

壺井が下から突きあげてくる。そのペニスの動きが、薄い隔壁を通して、はっきりと伝わってくる。

壺井もそれを感じるのだろう。

「おおぅ、いつもより狭いぞ……そうか。当たっているのは、朝倉さんのアレだな。はっきりわかるよ」

「俺もですよ」

「お互いさまか……それは気にしないでおこう。きみも突いてやってくれ。佳奈子のケツの孔を犯してやってくれ」

「はい……」

敬志は慎重に腰をつかう。ずりゅっ、ずりゅっとアヌスをうがつたびに、

「ああ、あうぅぅ……」

苦しそうに佳奈子が喘ぐ。

だが、これでは美穂子だけがほったらかしで、可哀相だ。

「壺井さん、そろそろアナルセックスしませんか？　今なら、楽に入りますよ」

「おお、そうだな。前はいつでもできるが、後ろは今しかできんだろうな」

「そういうことです。抜きますよ」

敬志はアヌスから肉棹を引き抜いて、コンドームを外す。

それから、隣で四つん這いになっていた美穂子のところに行き、今度はアヌスではなく、オマンコに挿入する。

「ぁあああ、いい……敬志さん、やさしいのね。見直したわ」

「俺の好きなのは、常にきみなんだよ。忘れないでほしいな」

そう言って、敬志はゆっくりと抽送（ちゅうそう）をはじめる。抜き差ししながら、隣を見た。

佳奈子の後ろについた壺井が尻の割れ目に、勃起を押しつけている。

「くそっ……入らないぞ」

「ここです」

佳奈子が後ろ手に屹立をアヌスに導き、壺井が腰を入れたとき、

「ぁああ、入ってくる。もう少しよ。もう少し……」

「こうか？」

「ああ、そうよ……ぁあああ、来てる……そのまま、ぐっと」

「ここか？」

「ぁあああ、入ってきた」

「おお、本当だ。やったぞ。俺のチンコが佳奈子のケツの孔に入っているぞ。信じられんよ。ウソみたいだ」

「ウソじゃありませんよ……本当にあなたのペニスがわたしのお尻に入っています。ほら、こうすれば……」

佳奈子が息むと、肛門括約筋がペニスを締めつけてきたのだろう。

「おおう、確かにこれは現実だ。締まってくるぞ。たまらん……ピストンしていいか？」

壺井が嬉々として言った。

「はい……ください。出して……わたしのなかにザーメンをください」

「そうか……行くぞ。出すぞ」

「はい……ください。あんっ、あんっ、あんっ……」

佳奈子が喘ぎをスタッカートさせて、昇りつめていく。

それを見て、敬志も昂った。

美穂子をイカせたい。膣のなかにザーメンを出したい。そうやって、できれば妊娠させたい。

　敬志が力強く打ち込むと、

「あんっ、あんっ、あんっ……ぁあああ、イクわ。敬志さん、わたしもイク」

「いいぞ、イッて」

　美穂子の右手を後ろに引き寄せて、たてつづけに深いストロークを叩き込んだとき、あの瞬間が近づいてきた。

「おおぅ、出すぞ」

「はい……ちょうだい。わたしもイク……イク、イク、イッちゃう……いやぁあああああああぁぁぁ！」

　美穂子が絶頂の声を放ってのけぞったとき、敬志は熱い男液を放っていた。その直後に、隣から、

「イキます……ぁあああああああ、はうッ！」

　佳奈子が甲高い声を放ちながら、がくがくっと崩れ落ちていくのが見えた。

　女二人を部屋に残し、敬志と壺井はバルコニーに出て、残りの赤ワインを呑んでいた。

「今日はありがとう。朝倉さんのお蔭で素晴らしい体験をさせてもらった」

壺井がにこにこして言う。

「いえいえ、私にお礼なんて、恐れ多いです」

「……例のプロジェクトのことは心配するな。私のほうで、部長によく言い聞かせておく」

「ありがとうございます。感謝しかありません」

「きみの奥さんのことが気に入った。このプロジェクトの間に、もう一回くらいスワッピングをしないか？」

壺井が言う。

（やはり、来たか……こうなるような気がしていた）

そう来たときの答えは用意してあった。

「いいですよ、もちろん。常務の都合のいい日を指定してください。こちらで合わせますから」

敬志は寛容の笑みをたたえて言う。

「そうか……きみとはこれからも、長いつきあいになりそうな気がするよ。乾杯といくか？」

「はい……では」
二つのワイングラスがぶつかって、乾いた音が眼下にひろがる夜景に吸い込まれていった。

（了）

＊本作品はフィクションです。作品内の人名、地名、団体名等は実在のものとは関係ありません。

長編小説

社宅の淫ら夫婦交換（しゃたくのみだらふうふこうかん）

霧原一輝（きりはらかずき）

2023年8月28日　初版第一刷発行

ブックデザイン…………………… 橋元浩明(sowhat.Inc.)

発行人……………………………………… 後藤明信
発行所…………………………………… 株式会社竹書房
〒102-0075　東京都千代田区三番町8－1
三番町東急ビル6F
email：info@takeshobo.co.jp
http://www.takeshobo.co.jp
印刷・製本……………………… 中央精版印刷株式会社